刑事という生き方

警察小説アンソロジー

米澤穂信　呉 勝浩　黒川博行
麻見和史　長岡弘樹　深町秋生
／村上貴史・編

本書は文庫オリジナルです。

目次

刑事という生き方

夜警

米澤穂信

米澤穂信（よねざわ・ほのぶ）
一九七八年岐阜県生まれ。二〇〇一年、角川学園小説大賞（ヤングミステリー＆ホラー部門）奨励賞を『氷菓』で受賞しデビュー。一一年、『折れた竜骨』で日本推理作家協会賞（長編及び連作短編集部門）、一四年『満願』で山本周五郎賞を受賞。

一

葬儀の写真が出来たそうです。

そう言って、新しい部下が茶封筒を机に置いていく。気を遣ってくれたのだろうが、本音を言えば見たくもない。それに、写真に頼らなくても警察葬の様子は記憶に刻み込まれている。あの場の色合いも、匂いも、晩秋の風の冷たさも。

川藤浩志《かわとうひろし》巡査は勇敢な職務遂行を賞されて二階級特進し、警部補となった。気が合わない男だったが、写真が苦手な点だけは俺と同じだったらしく、祭壇の中央に掲げられた遺影は不恰好なしかめ面だった。弔辞は署長と本部長が読んだが、ろくに話したこともない相手の死を褒めるのはさぞ難しかったことだろう。スピーチで描かれた川藤警部補の輪郭はやりきれないほど実像とずれていて、そんなに立派な警官だったらあんな死に方はしなかったのだと腹を立てているうちに、献花の順がまわってきた。おかげでまた随分、無愛想の評判をばらまいたらしい。

遺族は俺のことを知っていたようだ。浅黒く日焼けした男が物問いたげにこちらを見ていることには気づいていたが、茶番の席であいつのことを話すのが嫌な気がして、出棺を見送るとすぐに斎場を出た。警察葬に仕立てたせいで、斎場の中にまでテレビカメラや新聞記者が入り込んでいた。騒がしい葬式にしてしまったことについては、謝ってもよかった。俺が手配したわけではないにしても。

開けたままのガラス戸から、いつものように車が行き交う国道60号線を見る。しばらく目の前で道路工事をしていたが、それも終わり、普段の景色が戻っている。今日一日だけで幾人がこの道を通るだろう。彼らは、道の傍らに建つこの交番の巡査がひとり死んだことになど気づきもしない。それは当然のことで、二十年も警官をやってきた男がいまさら持つ感慨ではない。だが今日に限って、なぜだかそれが癪に障って仕方がなかった。こんな日は交番が禁煙になったことが無性に恨めしい。デスクの上には地図とファイルと電話が並ぶだけで、ずいぶん前に灰皿はなくなった。そしていまは写真入りの茶封筒が置かれている。

川藤の死は、おおよそこんな風に報じられた。

——十一月五日午後十一時四十九分頃、市内に住む四十代の女性から、夫の田原《たばら》勝《まさる》（五十一歳）が暴れていると一一〇番通報があった。現場に駆けつけた警官三人が説得を試みるも、田原は短刀（刃渡り三十センチ）で警官たちに切りかかったため、川藤浩志巡査（二十三歳）が拳銃を計五発発砲。胸部と腹部に命中し、田原はその場で死亡した。川藤巡査は切りつけられ病院に搬送されたが、六日午前零時二十九分、死亡が確認された。警察では「適正な拳銃使用だったと考えている」としている。

世間は最初、このニュースをどう取り扱うか戸惑っているかに見えた。新米巡査が被疑者を制圧できず射殺してしまった不祥事と見るか、勇敢なお巡りさんが自分の命と引き替えに凶悪犯をやっつけたと見るか。時間と共に田原の行状が明らかになり、川藤の人柄が伝えられるにつれ、ニュースの扱いは次第に後者に傾いていった。警察葬での弔辞は嘘に塗《まみ》れていたが、川藤を擁護するものとしては申し分なかった。防刃ベストの性能不足、初動での事件認識の甘さなど、警察批判の種は尽きない。しかし少なくとも、射殺そのものを批難する声は小さくなっていった。

川藤警部補どの、か。

ひどく出来の悪い冗談のように聞こえる。部下がそばにいる。聞こえないよう声を消して、独り言の続きを言う。

あいつは所詮、警官には向かない男だったよ。

二

警察学校を出た川藤の、最初の配属先がこの緑1交番だった。

「柳岡《やなおか》巡査部長どの。本日配属になりました、川藤浩志です」

署の地域課でそう挨拶してきた一言目から、何となく虫が好かなかった。妙に甲高く、なよなよとした声だと思った。初日に緊張するのは誰でも同じだが、あいつのそれは度が過ぎていた。首まわりを見ればそれなりに鍛えてきたのだとはわかるが、それでも弱々しい印象を拭えないのは、たぶん生まれつき体の線が細いからなのだろう。

「交番長でいい」

「はい、交番長」

上擦った声だった。

交番勤務は三人一組の三交代制で行われる。八人の部下の誰と誰を組ませるかは課長が決める建前だが、交番長である俺が意見を出せば大体通っていた。

課長が川藤を俺と組ませようとしたとき、俺は反対しなかった。部下の中には新人を任せられるベテランもいるが、川藤は自分の目の届く範囲に置いておきたかったからだ。その代わりというわけでもないが、三人一組のもう一人には気心の知れた男を付けてもらった。二年後輩の梶井《かじい》。書類仕事の手が遅く、太りすぎという欠点もあるが、何より人当たりがいい。苦情対応に連れていけば大抵の場合まあまあと丸く収めてしまう、交番勤務として得難い才能を持っている。愛想の悪い俺と新人の川藤と組ませるには、うってつけの男だ。

川藤の交番初勤務の日。当時の日誌をめくると、午前中に車と自転車の接触事故、昼過ぎに迷惑駐車の苦情、夕方に自転車盗難届が二件、夜になってスナックで喧嘩騒ぎがあったと書いてある。それぞれの報告書と日誌は川藤に書かせた。妙に丸みを帯びた川藤の字に嫌悪を覚えはしたものの、まずまずそつのない書類に仕上がっていた。

「どうですか」

不安げに言う川藤に、

「いいだろう。初めてにしちゃ上出来だ」

と言ってやると、見る間に相好が崩れた。素直な男ではあったのだ。

当直が明けて次の班に引き継ぎを済ませ、署に戻ると翌朝十時を過ぎている。拳銃を保管庫に戻し私服に着替えれば、後は家に帰って寝るだけだ。その前に一服つけようと喫煙室に行くと、梶井が先客で入っていた。

「どうも」

顎を引くように会釈する梶井に頷いて答え、自分の煙草に火を点ける。最初に吸った煙を、溜め息のように長く吐き出す。

「装備課、ぴりぴりしていたな」

世間話に、そう話しかける。梶井は苦笑いした。

「無理もないですが」

拳銃と銃弾を戻しに行った時、扱いは慎重にとひとくさり演説をぶたれた。いまさらな話だが、理由があった。最近都心の方で、駅のトイレに警官が銃を置き忘れる事件が起きていたのだ。何年かに一度はこうしたことがあるが、そのたびに耳にタコができるほど管理徹底を聞かされる。

「かなわねえな。とばっちりだ」

それで話を終わらせたつもりだったが、見れば梶井は煙草を指の間に挟んだままで吸う気配がない。まだ何か言いたいのだとわかって、水を向ける。

「どうした」

「ああ、いえ。いまの話で思い出したわけでもないんですが」

「言ってみろ」

梶井は、自分の手元から立ち上る煙を見ながら答えた。

「川藤、ちょっと、厳しいですね」

「そう思うか」

「ええ」

「理由は？」

そう訊きはしたが、答えはあまり期待していなかった。俺自身、川藤のどこに危なさを感じているのか、言葉では説明出来なかったからだ。しかし梶井は、

「『さゆり』の喧嘩ですが」

と切り出した。

スナック「さゆり」から通報があったのは、午後十一時三十一分のことだった。一一〇番通報ではなく、交番に直接電話がかかってきた。客の男二人が口論となり、一方がウイスキーの角瓶を振りまわし始めたという。

客層が悪い店ではない。国道沿いに建つが駐車場がなく、勢い、近所の住人が歩いて集まる店になっている。とはいえこれまでトラブルがなかったはずもないだろうが、通報を受けたのは初めてのことだった。交番からは五十メートルも離れていない。文字通り駆けつけると、五十代らしき男ふたりが取っ組み合っていた。

一方が呂律《ろれつ》のまわらない声で凄み、もう一方は「ああ？　ああ？」と繰り返すばかり。だが喧嘩慣れしている様子はない。せいぜい、一杯引っかけるつもりが飲み過ぎて箍《たが》が外れたといったところだろう。通報にあった角瓶はカーペットに転がっており、見たところどちらにも外傷はない。一目見て、これは事件化しなくて済むだろうと踏

んだ。

梶井が割って入り警察だと名乗ると、二人ともたちまち大人しくなった。完全に分別がなくなるほど酔ってはいなかったようだ。後は俺が通り一遍の説教をして、梶井が宥《なだ》め役にまわる。次は引っ張るぞと脅してお仕舞いにした。三十分もかからなかっただろう。難しい喧嘩ではなかったが、川藤にまでは目を配っていられなかった。

「どうかしたのか」

「いえね」

梶井の煙草が灰皿に押しつけられる。吸殻が溢れそうな、真っ黒に汚れた灰皿。

「あいつ、腰に手をやったんですよ」

煙を浅く吸い込み、ふっと吐き出す。

「そうか」

「じゃあ、お先に」

梶井は最後まで、俺と目を合わせようとはしなかった。まともに取り上げれば面倒な話だとわかっていたからだろう。腰に手をやったと言うが、触ったのが警棒だったなら、梶井はわざわざ俺に注進したりはしない。

あの程度の騒ぎで拳銃に手が伸びるようでは、確かに厳しい。

煙草が不味《まず》かった。

新人が嫌われるのは、彼らが血気に逸《はや》るからだ。血気に逸れば多かれ少なかれ余計な仕事が増える。増えた仕事は仲間を危険に晒すことがある。だから危ない部署ほど新人を嫌う。

だがそれは時間が解決していくことだ。どんな跳ねっ返りもいずれは警察の水に馴染んで、余計な力が抜けてくる。説論で済ませていいことと事件にしなくてはまずいことの区別がついてくる。どうしてこんなやつが警官にと思うような顔も、三年もすればそれらしくなってくるものだ。だから古株が新人を扱《こ》き下《お》ろすのは年中行事のようなものであり、深い意味はない。

しかしそれでも、たまにはどうにもならない手合いが入ってくることがある。採用試験で合格し警察学校の訓練にも耐えたはずなのに、時間が経てば経つほど決定的に警官に不向きだと露呈していくようなやつが。

たとえば、警官として守るべき暗黙の了解、最後の一線がどうしても理解出来ない人間がいる。救いようのない連中と始終付き合っているうち、自分の感覚が麻痺してくるのもある程度はやむを得ない。倫理なんて犬に食わせてしまえと思っているような同僚も多いし、俺自身、叩けば埃が出ないわけじゃない。だがそれでも最後の一線というものはある。時にはそれを忘れることもあるだろうし、覚悟の上で踏み越える

 こともあるだろう。だが、そもそもその一線を感じ取れないというのなら、そんな人間は警官を続けてはならない。

自分が見たものがこの世の全てだと思い込む人間も、あまりこの仕事には向いていない。悪人というのは万引き犯のことであり、警察官が現われれば泣いて謝るものだという自分の経験則から抜け出せないタイプ。全ての人間は一皮剝けば真っ黒であり、人の言うことは全て嘘だと信じ込んでしまっているタイプ。どちらも、早めに辞めた方が誰にとっても良い。

川藤浩志は、それらの類型には当てはまらなかった。

配属から一週間ほどが経った、ある日の午前中。前日からの引き継ぎは早く済み、登校時間帯も過ぎて手が空いた。交番まわりの道はだいたい教えたが、細かな抜け道も何本もある。本人には地図を見たり非番の日に歩いたりして憶えるよう言っておいたが、やはり実地に行くのが早い。

「川藤。パトロール行くぞ」

「はい。ＰＣですか」

「いや、自転車で行く。俺が先導するから付いて来い。梶井は留守を頼む」

そうして警邏《けいら》に出た。

十月になっても気温が下がらない、おかしな年だ。八月のように暑い九月、九月の残暑を移したような十月、何かが狂っているようだった。汗をかきそうな生ぬるい空気の中、勝手を知った街を警邏していく。

平日の午前中、静かな住宅街にも、ちらほらと人の姿がある。宅配便のワゴンから飛び出してくる元気な男、犬の散歩をしている中年女、肩を落としてぼんやりと歩く若い男など……。彼らのほとんどは、俺たちと目を合わせようとしない。顔を背けるわけではないが、決して目が合わないよう、不自然なまでに視線を前に固定する。彼らに後ろ暗いことがあるわけではない。むしろ警察と自分たちが無関係だからこそ、驚きと警戒を隠せないのだ。煙たがられながら頼られることに慣れなければ、この仕事はやっていけない。

小学校のそばから、大樹の陰になり見落としがちな脇道へと入る。車一台通れるか通れないかの微妙にカーブした道であり、一方通行になっている。

口を開かずここまで来た。だが、大きなイチョウがトンネルのように頭上に枝を伸ばした道路の半ばで、前から車が近づいてきた。軽自動車だ。俺は自転車を停め、川藤を見る。その顔は強張っていた。

「川藤」

「はい」

俺たちは自転車を降りる。軽自動車の運転席で、初老の男が顔をしかめるのが見える。ろくに車が通らない道だけに、さっと通れば大丈夫だとでも思っていたのだろう。一方通行違反の車と真正面から鉢合わせしてしまっては、仕事をしないわけにもいかない。

川藤には、切符の切り方は教えてある。

「お前がやれ」

と命じる。

「はい。やります」

自転車の後部には、白い鉄製の箱が取りつけられている。川藤は箱の鍵を開け、クリップボードと青い交通反則切符を取り出す。エンジンを切って車を降りてきた運転手に、例の甲高い声で言う。

「おい。わかってるだろうな。違反だよ」

俺は、川藤の頭を殴りつけたい衝動に耐えなければならなかった。そんな口の利き方は、良かれ悪しかれこの仕事に慣れきってしまった者がするものだ。今日初めて現場に出たような新人に、そんなすれた態度を取る資格はない。舌打ちが出る。

だが、一時の苛立ちはたちまち消えていく。どうせ川藤とはそう長く仕事をするわけじゃない。こいつが言葉遣い一つで簡単な仕事を難しくするとしても、こいつの将来のために叱ってやるほど俺は優しくなれない。それに、川藤は間違ったことをしているわけではない。ただ俺の癇に障るだけだ。

左手に持ったクリップボードの上で書類を書くのはコツがいる。遠目にも下手な字をのたくらせて、川藤はなんとか反則切符を切り終える。押しつけるように渡された書類を受け取り、運転手はいかにもむっつりと車に乗り込む。

川藤は満足げに俺を振り返るが、それには構わず車に近づく。窓をノックして開けさせる。運転手は、汚いものでも見るように俺を見据えた。

「まだ、何か？」

「バックで戻れと言っても無理だろう。他の車が入らないよう止めておくから、抜けてくれ」

戸惑い顔の川藤に道の入口を見張らせる。交通量の少ない時間帯だけに、懸念するほどのこともなく車を通すことが出来た。すれ違いざま、運転手は小さく会釈した。

他にはこれと言ったこともなかった。警邏を終えて交番に戻る。昼飯は毎度出前で済ませることになっており、注文は三人分まとめて出す。太った梶井が待ちかねたような顔をしていた。

帰り道でも、出前を待つ間も、量だけが取り柄の丼飯をかき込んでいる間も、川藤はちらちらと俺に目線を送っていた。こういう新人の言うことは大体決まっている。違反だとわかっていて、一方通行の道を逆走させて良かったのかと訊きたいのだ。もちろん良くはないが、あのカーブした細い道をバックで戻らせるのは無理だ。それこそ事故を招く。だが、そうしたことを川藤に説明する気はなかった。ここは学校じゃない。

そして、同じ日のことだった。昼飯を済ませたあたりから川藤の様子が変わってきた。小便でも我慢しているように、妙にそわそわとして落ち着きがない。かと思うと、俺が目を向けると平気な顔を取り繕う。夜勤に備えて交替で休もうかというところで、ようやく思いきったように言ってきた。

「もう一度、パトロールに行かせてください」

何を考えているのかと思えばそんなことかと下らなくなったが、退ける理由もない。

「いいぞ。梶井、いっしょに行ってくれ」

「いいえ、あの、一人で行きます」

ふだん温厚な梶井が、ぎろりと目を剝いた。川藤はそれに気づかない。

「一人でも教わった道をパトロール出来るか、確認したいんです」

殊勝な物言いだが、論外だ。

「馬鹿野郎。警察学校で何を教わってきたんだ」

警官が一人しかいない駐在所ならいざ知らず、警邏は二人以上で行うのが原則だ。一人で、しかも新人を出すなど考えられない。そんなことは川藤も知っているはずだ。

叱りつけられて、川藤はすぐ「すみません」と謝ったが、なおも未練がましそうに自転車を見ている。これは何か裏があるなと察した。

その場は収めたが、後で川藤を休憩させておき、その間に自転車を調べてみた。書類箱の鍵がかかっていなかった。

「これか」

おそらく川藤は鍵のかけ忘れに気づいたのだろう。それで、俺や梶井に見られずに鍵をかけようと、一人で警邏に行くなどと言い出した。上手くいくはずもない浅知恵だ。だが俺は、その浅はかさを笑い飛ばすことはできなかった。

その日の晩。二人に仮眠を取らせて一人机に向かいながら、俺はじっと、眠気交じりの物思いに耽った。

自転車の書類箱には交通反則切符を始め、警邏に必要な書類を入れる。確かに鍵をかけておくことにはなっている。だが、中身を盗まれでもしたならともかく、単に鍵をかけ忘れたぐらいでは大した問題にはならない。せいぜい、気をつけろと説教するぐらいだ。だが川藤は、それを小細工で誤魔化そうとした。

あれは小心者だ。ただ単に、叱られるのが怖かったのだ。子供のように。

臆病者なら使い道がある。上手く育てれば、臆病が転じて慎重な警官になるかもしれない。無謀な者よりはよほどいい。どうにもならなくても、内勤にまわせばそつなくやっていくだろう。

だが、川藤のような小心者はいけない。あれは仲間にしておくのが怖いタイプの男だ。誤魔化そうとしたのが鍵のかけ忘れ程度ならかわいいものだ。実害はない。しかし、次もそうだとは限らない。

こういう部下を持つのは初めてではない。胃のあたりに不快な塊を感じる。

むかし刑事課にいた頃、体格に恵まれた部下が入ってきた。肩幅が広く背も高く、顔つきもいかめしくて、押し出しが強い刑事になるだろうと期待した。三木《みき》という男だった。

だが、見かけ倒しだということはすぐにわかった。いい体を持っているのに体術に優れているわけでもなく、もっともな理由をつけて言われたことをやりたがらず、何か不都合があると他人に責任を押しつけることを躊躇《ためら》わない。虚勢を張るのは得意だが、ちょっと話せば気の弱さがたちまち露呈する……。普通に生きていく分には差し支えない程度かもしれないが、こいつを刑事にしておくと必ず問題が起きると直感した。その問題は、誰かの命を奪うかもしれない。

俺は三木に厳しく当たった。指導を任されたのを利して、仕事のやり方はもちろん、机の片づけ方から歩き方に至るまで徹底してやり込めた。三木が何をやっても、「よし」の一言で片づけることは決してしなかった。もっとも、三木が文句の付け所のない仕事をするようになれば、強いてあら探しをしようとまで思っていたわけではない。あいつが成長すればそれが一番いい。だがおそらく見込みはないだろう。耐えかねて三木が自分から辞めるなら、その方が警察のためになる。そう思っていた。

俺の態度を見て、仲間も三木の扱いを変えた。署内のどこへ行っても、あいつが怒鳴られないことはなかった。

「くず」

「のろま」

「なんで警官になった」

「言い訳をするな」

「なんで黙っている」

「やることをやってから口を開け」

「なんで先に報告しなかった」

「目障りだ」

「死ね」

一年後、三木は辞めた。曲がりなりにも仕事を覚え始め、もしかすると育ってくれるかもしれないと思った矢先のことだった。刑事課には、口先だけのウドの大木がいなくなってすっきりした、という雰囲気があった。だが俺は、こうなることを目論んで最初に三木を罵り始めたはずだったのに、それほど気分良くはなれなかった。

次に三木に会ったのは、三ヶ月後のことだ。地域課から連絡があって、あるアパートに来てほしいという。この忙しいときにと腹を立てながら指定のアパートに向かうと、ヒラの巡査が冷たい目で俺を迎えた。

「すみません。家族に連絡が取れなくて、遺体の身元が確認出来ないんです。署に連絡したら、柳岡さんが一番よく知ってるだろうと言われました」

古いアパートだった。塗装が剝げきって錆が浮いた階段を上ると、共有通路には洗濯機、燃えないゴミ、束ねた古新聞、曲がった物干し竿、シャフトの歪んだ三輪車があった。巡査が案内したのは、そのどん詰まりの部屋だった。

日の射さない北向きの１ＤＫで、三木は首を吊っていた。蹴飛ばされた踏み台が砂壁をえぐっていた。背の高い男だけに、鴨居から首を吊っても、足は十センチも浮いていなかった。目と舌が飛び出していた。糞尿がにおった。死体には慣れている。頭のどこかで、死後一日というところだなと判断を下している。

「柳岡さんが一番よく知ってるんですよね」

俺が一番よく知っていた。俺が三木を殺したのだ。

緑1交番への転属は、事実上の左遷だった。

三木は確かに警官には向いていなかった。俺は、あいつを除くことは仲間のためになると信じていた。そして三木は死んだ。

川藤も警官には向いていない。あいつはいずれ必ず問題を起こすだろう。

だが、俺はもう部下を殺したくなかった。

三

川藤が殉職した日は、朝からおかしな事が続いていた。

当直の朝は午前九時にまず署へと出勤する。天気予報では雨が降ると言っていたので、空模様が気になって玄関先で見上げたが、淡い色の空には雲一つない。そのくせ空気が湿っぽい気がして、妙な朝だと思った憶えがある。

署のロッカーで制服に着替え、引き継ぎに必要な書類を揃える。そして梶井、川藤と三人揃って、拳銃保管庫へと向かう。

銃と弾を受け取ると、装備課長の横に一列に並び、

「銃を出せ」

の号令を待つ。銃を抜き、回転式拳銃のシリンダーを引き出す。

「弾を込め」

ところがこの日に限って手元が覚束ない。五発入りの弾倉に一発入れたところで、手からばらばらと弾が滑り落ちた。暴発を防ぐため、床には毛足の長い絨毯が敷かれていて、弾が落ちても音もしない。新人なら怒声が飛んでくるところだが、装備課長とは同期だ。装備課長は、さすがに笑いはしなかったが、憎まれ口を叩いてきた。

「柳岡、どうした。もう年か」

「すまん」

「一発でもなくしたら、クビを飛ばしてやるからな」

冗談ではないだろう。銃弾の管理は恐ろしく厳しい。

拾い上げ、弾を込めていく。警官として生きた二十年間、刑事課と地域課に配属されている間は拳銃を持つこともあった。交番勤務になってからは当直のたびに銃を受け取ってきた。しかし弾を落としたのは初めてのことだ。

梶井と川藤はとっくに弾を込めている。もたつく俺の装弾を待って、

「銃おさめ」

の号令がかかった。

署が出す輸送バスに乗り込む。四ヶ所の交番に当直を運ぶので、車内には十二人が乗っている。普段はパチンコの話や競馬の話、たまには夜の遊び場の話で盛り上がる

が、その日の会話は何故だか途切れがちで、降りるまでディーゼルエンジンの響きばかりが耳に障った。

国道60号線は改修工事中で、アスファルトを敷き直している。そして、同僚たちが交替を待つ交番には、客がいた。

「ああ。二番だ」

珍しく梶井がうんざりした声を上げる。

「また来たんですか、あの人」

川藤も眉を寄せている。

交番にいたのは、あと十年も若ければ凄みもあっただろうと思わせる美人だ。秋寒の下、毛皮のコートに身を包んでいる。夜に見ると二十代でも通るかと思うが、日の光の下では化粧の濃さがあらわになって、四十半ばという年相応に見える。田原美代《みよ》子《こ》という女で、国道から通りを二本挟んだところに建つ一軒家に住んでいる。

相談・通報者には何人かの常連がいる。筆頭は十年以上もお互い憎しみをぶつけ合っている民家二軒の住人で、「木の枝が伸びてきた」とか「屋根で猫が鳴いている」とかいう理由で通報してきては、隣家の住人を逮捕するよう言ってくる。彼らは、交番の中だけで通じる符牒《ふちょう》で「一番」と呼ばれている。

元警官だと名乗る老人も、よく来る。一日中まわりを歩きまわっては、あそこの公園でボール遊びをしている子供がいた、向こうの本屋にこんなけしからんものが売られていたと注進してくる。そして必ず「こんなに弛《たる》んで、俺が現役だったらお前らなぞ全員クビだ」と言い捨てていく。いちおう署に確認してみたが、少なくとも署には老人のことを知っている人間はいなかった。彼が「三番」だ。

こういう手合いが五番までいて、田原美代子が「二番」だ。美代子のような美人が交番に来るというのはそれだけで事件なので、とかく印象に残る。仕事はバーのホステスだそうだが、来る時間は夜中が多い。話の内容はいつも決まっていて、旦那の焼き餅が過ぎて恐ろしいということだった。

これも署には確認している。美代子の旦那は田原勝といって、傷害で二度検挙されており、そのうち一度は殺人未遂の適用を検討したと聞いた。実際、粗暴で危険な男で、ただ迷惑なだけの常連たちとは違って要警戒のリストに入っている。警邏の途中で何度か見かけたことがあるが、見た目はしょぼくれた貧相な男だった。どうして美代子のような美人があれを選んだのかと不思議になるほどだが、それだけに妻への執着が強いのかもしれない。

「玄関先で美代子と話し込んだ宅配便の男に、包丁を持ち出したこともあります」

この交番では俺より古株の男が、前にそう話してくれたことがある。

交番ではだいぶ揉めている。美代子が眦《まなじり》を吊り上げ、警官の胸ぐらを摑まんばかりに詰め寄っていた。

「公務執行妨害に出来ますね」

川藤が笑って言う。美代子は確かに迷惑な女だが、だから犯罪者にしてやろうなどとは、思ったこともなかった。

「どうします。このまま警邏に行きますか」

梶井までもがそんな軽口を言う。

「連中も夜勤明けだ。さっさと引き継ぐぞ」

俺たちの姿を見ると、交番詰めの三人が一様にほっとした顔になった。美代子はこれまでの経験から、俺が交番長だと知っている。踵《きびす》を返すと、真っ直ぐ俺に向かってくる。

「よかった。柳岡さん、こいつらじゃ話にならないよ」

「落ち着いて下さい。とにかく、座ったらどうです。川藤、コーヒーを淹れてくれ。田原さんもいりますか」

「いらない」

刺々《とげとげ》しく言い放ち、腕を組んで体を揺する。

「さて。それで、用件は何です？」

「この人たちに話したわ」

「ええ、ですがもう一度話して下さい」

美代子はわざとらしく、大きな溜め息をついた。

「そうね。この人たちじゃどうにもね。聞いて下さい。あたし、旦那に殺されるかもしれない」

「なるほど。座りませんか」

「そうね」

美代子はようやく、小さな回転椅子へと座った。少しは落ち着いてきたのだろう。

ノートを取り出しボールペンを用意する間に、さすがに心得たもので、梶井が前夜の当直班と書類の引き継ぎをしている。川藤がコーヒーを持って来る頃には、彼らは「では交番長、失礼します」と言って出ていった。彼らは署に戻り、交通反則切符を始めとする書類を引き継ぎ、拳銃と銃弾を返却するまでは家には帰れない。

「ねえ。灰皿ないの」

「知ってるでしょう。交番は禁煙になりました」

「下らない。そこの開いてるドアの外なら吸ってもいいのに。寒いわ、閉めてよ」

「開けておくことになってるんです」

「なのにドアがあるの？　コンビニのシャッターとおんなじね……」

「田原さん、世間話ならよそでやってほしいね」

悪かったというように、美代子は両手を小さく挙げた。

「いざとなると、どこから話していいのかわからなくて。でも、知ってるでしょう、うちの旦那」

俺は頷く。梶井と川藤が、ちらちらとこちらを気にしながら引き継ぎの書類に目を通している。

「もともと危ないひとだったけど、最近おかしくてさ。あたしが男の人と話すと機嫌が悪くなるんだけど、この頃、なんにもしてなくても『浮気してるだろう』なんて言い出して、手が付けられないの」

「なるほど」

「職無しのくせにあたしの稼ぎで暮らしてるんだから、あのひとだってあたしの仕事を知ってるはずよ。それなのに仕事に行くと『男に会いに行くんだな』って、そりゃあお客さんは男が多いわよ。なのに暗い目しちゃって、何かぶつぶつ言ってるの。前はそんなことなかったのに」

「なるほど。すると、まだ暴力を振るわれたとか、具体的なことは起きていないんですね」

「さっきの連中もそう言ったけど、ちゃんと最後まで聞いてよ！」

「先があるんですか。どうぞ」

「あのひと、最近刃物を買ったのよ。なんていうの、ほら、大きくて、キャンプで使うのとは違う危ないやつ」

俺はちらりと梶井に目をやる。梶井も少し顔つきが変わっている。

「両刃でしたか」

美代子は眉を寄せた。

「よく見てない。大事なことなの?」

「まあ、いちおう」

美代子は少し宙を睨むようにしていたが、首を横に振った。

「わからない。忘れ物して家に戻ったら、あのひとがぼんやりした目で刃物を見つめてたの。でも、あたしに気づくとすぐ隠して、『浮気はいけないよ』なんて言いながら笑うのよ。ねえ、柳岡さん。あたしが怖がるのも無理ないでしょう?」

ボールペンを動かす手を止める。

「わかりました。パトロールを強化します」

「帰るのが怖いって言ってるのに」

「充分に注意して下さい。署の生活安全課には、こういう相談があったことは伝えておきます。旦那さんに暴力を振るわれたら、すぐに相談に行ってください。電話番号を渡します」

美代子は溜め息をついた。

「殺されてからか電話しろってことね。いつもそればっかり」

「家の中で刃物を見ていたっていうだけで逮捕はできません。いちおう、この交番の電話番号も教えておきます。田原さんの連絡先は……」

「前に教えたでしょ」

相談に来た市民の住所と氏名、電話番号は、本人が拒否しない限りはファイルしてある。

「ええ。前に伺っていると言おうとしたんです。じゃ、お気を付けて」

憤然と立ち上がり、美代子は「本当に楽な仕事ね」と言い捨てて交番を出て行った。

その後ろ姿を睨みつけ、川藤が言う。

「腹が立つ女だな。楽じゃねえよ」

梶井が川藤の肩に手を置いた。

「税金泥棒呼ばわりされるたび腹立ててちゃ、胃がもたねえぞ」

ファイルケースから相談履歴を出す。田原の頁には付箋が貼ってあるので、すぐに見つかった。住所と電話番号を手帳にメモしながら、梶井に訊く。

「どう思う」

「そんな男と別れもせずにくっついているんだから、割れ鍋に綴じ蓋ってやつでしょう。手も上げない旦那に殺されるって言われても、ちょっとどうかと。ま、ああいう惚気話《のろけばなし》なんじゃないですかね」

「そうだろうな。ただ、田原には前科がある。女絡みじゃ凶暴になる男だ」

「またやると思いますか」

「どうかな。田原美代子の言ったことも、全部本当かどうか」

「僕にもファイル見せて下さい。いちおう控えておきます」

田原の家への道順は、毎日の警邏でわかっているが、正確な住所は、何かあったとき応援や救急を呼ぶのに役立つ。梶井がメモを取る傍らで、川藤は妙ににやけて立ったままだった。無言のうちに、「あんな女を気にかける必要はない」と主張しているのだろう。

梶井がファイルを片づけ、ようやく通常の業務が始まる。

「それで、引き継ぎは」

「物損事故が三件。自転車盗難が二件。それと、認知症の徘徊で相談がきています。捜索願は出していないようですが」

そのとき、開け放したドアから大音響が飛び込んできた。舗装工事が進み、交番の真正面でアスファルトを固める手持ちの機械が動き出したのだ。餅つき機の親玉のような機械が飛び跳ねているのを見て、梶井が苦虫をかみつぶしたような顔をした。

「こりゃ、仮眠は無理ですね」

午前の警邏に川藤を連れて行かなかったことに、他意はなかった。徘徊老人の捜索も視野に入れての警邏だけに、デリケートな判断を求められるかもしれず、梶井の方が適任だと考えた。経験を積ませる意味で出来るだけ警邏には川藤を行かせるようにしていたが、留守番もまた経験になるという考えもあった。

相談履歴によれば、いなくなった老人は八十四歳。今朝六時頃、家にいないことに気づいた。認知症が進んでいると同時に心臓疾患もあるという。足腰はしっかりしていて、どこまで歩いていけるかは家族も把握していなかった。

国道60号線は片側二車線の道路で、明け方は運送トラックが大量に通り、横断は難しい。予断は禁物だが、国道は渡っていない可能性が高い。相談者の自宅は国道の西側に位置しているので、そちら側を中心に見てまわる。

老人は既に見つかっているが、見つかったという連絡が交番に来ていないだけ、ということも充分にあり得る。それでもいちおう、いつもより念入りに巡回し、二時間かけて交番に戻ったのは十二時半過ぎ、当時の記録によれば十二時三十三分だった。

舗装工事も昼休みなのか、機械は止まっていた。それでも、行き交う車の立てる音のため、静かだとは言えない。遅くなってしまったが昼飯を注文しようとすると、川藤が興奮気味に話しかけてきた。

「交番長。さっき、工事現場で人が倒れました」

「事故か」

「たぶん。僕は机に向かっていたんですが、交通整理をしていた誘導員がいきなり頭を押さえて倒れたんです。見に行ったら、頭に何か当たったって言っていました」

「ふうん」

椅子に座り、巡回報告書に戻りの時間を書き入れる。梶井に「親子丼、大盛りで」と伝えると、梶井が受話器を持ち上げた。川藤が慌てて「すみません、僕はカツ丼大盛りをお願いします」と言う。

「それで」

「え」

「誘導員が倒れたんだろう。どうなった」

「はい、それでですね」

川藤は唇を舐めた。

「様子を見に行ったら、車が小石を撥ね上げたんだろうって言っていました。よくあることだけど、当たるのは珍しいって。ヘルメットに派手な傷がついていました。そ の小石をずいぶん探しましたが、それらしいものは見つかりませんでした」

俺は報告書から顔を上げた。

「そういうことじゃない。その男は怪我をしたのか」

ふと、川藤の表情に怯えがよぎった。

「あの……。もし怪我をしていたら、捜査することになりますか。車が小石を撥ねたのでも」

「何を言っているんだ。誘導員がいなくて、他に手段が何もないなら、交通課に連絡しなきゃいかんという話だ」

ほっと息を吐き、川藤は神妙に言う。

「それなら大丈夫です。誘導員は衝撃で倒れただけで、すぐに起き上がりました。午後からも仕事を続けると思います」

「そうか。ならいい」

書類をまとめ、ファイルに挟む。川藤はまだ、

「ですよね。小石を撥ねた車なんて探せないですよね」

とぶつぶつ言っている。

昼を済ませた頃合いで、工事も再開される。再び騒音と振動が始まる。見ると、交通誘導員は普通に誘導灯を振っている。川藤が言った通り、大した怪我はしなかったらしい。

そこから夜までは普段通りだった。

午後の警邏に出る直前に、物損事故発生の連絡が入った。現場のスーパーマーケットは少し離れているのでパトカーを出すと、軽自動車の前部とミニバンの後部が潰れていて、疲れた顔の中年男が泣きそうな顔で、ブレーキとアクセルを踏み間違えたと言ってきた。怪我人が出なかったこともあり、これは当事者同士が示談で収めた。記録によれば、午後二時四分に出発し、三十一分には戻っている。

警邏を終えた三時五十八分、行方不明だった徘徊老人の件で相談元に電話をかけた。案の定老人はすでに発見され、家族の元に戻っていた。電話の向こうで「捜索願は出さなかったんですけどね……」と申し訳なさそうに言っていたことを憶えている。

工事の騒音は夕方に入って小さくなった。十一月の昼は短い。真っ暗になった六時九分、友達の家に遊びに来たが帰り道がわからなくなったという中学生が来て、バス停の場所を訊いていった。川藤が「中学生がこんな暗くなるまで出歩いていいと思ってんの。名前と住所は」と言っていたが、「塾がある日はもっと遅くなります」と言い返され、「そういうことを言っているんじゃない」と怒声を上げていた。

午後十一時十分、隣家のテレビの音がうるさいという苦情。隣同士でいがみあっている通報の常連「一番」の片割れで、七十一歳の男性だ。現場に向かうと、うるさいはずの隣家には明かりも点いておらず静まりかえっている。「もう寝たんじゃないですかね」と言うと、「警察が来たんで慌てて狸寝入りをしているんです。構わないから踏み込んで下さい」と腕を振りまわした。

交番に戻って、午後十一時四十九分という時刻を記録する。

記録によれば、署に一一〇番通報があったのも、同じ午後十一時四十九分となっている。

四

警察葬の後、川藤の遺族を訪れた。

名簿に出ていた住所は、どぶのにおいがする川に沿って建つ古いアパートだった。むかし、三木の死体を確かめるため訪れたアパートを思い出す。

呼び鈴を鳴らすと、葬儀で見かけた男が出てきた。浅黒く日に焼けた顔に、ところどころ白いものが混じる無精髭《ひげ》が残っている。訪ねることは伝えてあったので、名乗るまでもなく「柳岡さんですね」と言われた。渋みのある太い声だ。細身で甲高い声をしていた川藤とはまるで正反対だが、顔を見ると血縁は明らかだった。目元だけで写真を撮ったら、区別は難しいだろう。

「浩志が世話になりました。兄の隆博《たかひろ》です」

「柳岡です。今日はどうも……。まずは線香を上げさせて頂きたい」

「どうぞ中へ。男所帯で散らかっていますが」

六畳間には煙草の匂いが立ちこめ、卓袱台《ちゃぶだい》とテレビの他には家具らしいものもない。黄ばんだ畳の一隅に真新しい木で組み上げられた台があり、位牌はその上に載せられていた。線香立てはなく、代わりにビールの空き缶が置かれている。線香に火をつけ、空き缶に挿す。手を合わせる。

部屋には座布団がなかった。畳に直に座り、卓袱台を挟む。

「気の毒なことでした」

そう言うと、川藤隆博は感情のない顔で、

「まあ、本人の選んだ道です」

と言った。

俺の部下だった間、川藤は身の上を語ることはなく、俺も尋ねたことはなかった。ただ、警察学校で仲が良かったという交通課の男が、少しだけ話してくれた。

「隆博さん。あんたが、あいつの父親代わりだったそうですね」

隆博は頷くこともなく、ただ卓袱台に目を落としていた。

「出身は福井と聞きました」

「ずいぶん帰っていません」

太いが、静かな声だった。

「親父と折り合いが悪くて、あまり連絡もしません。浩志のことを手紙で報せましたが、返事は来ていません。テレビで見ましたが、相変わらずだった」

川藤の殉職が報道される中で、川藤の父親も何度かテレビに出ていた。どことなく小狡そうな男で、「あいつはね、昔っから正義感の強い子だった」と泣いていた。

「浩志が生まれた頃は、よそに愛人がいましてね。あんまり家にも戻らなかった。お袋は働き者でしたが、早死にしました。父親代わりというんじゃないが、面倒は随分見ましたよ」

「立派な警官でした。川藤君のおかげで、人質は助かった」

美代子は三ヶ所の切り傷を負っていたが、ダウンコートを着ていたためか、傷はどれも深くなかった。俺たちが踏み込んだ後で頭を殴りつけられて気絶し、そのとき負った頭蓋骨《ずがいこつ》の亀裂骨折が一番の重傷だった。

「そう聞いています」

「凶暴な犯人でした。私たちも彼に助けられた」

事実、後でずいぶんと考えた。川藤が拳銃を抜かなければ、短刀を持った田原を制圧するのは容易ではなかっただろう。応援を待たず突入した判断については、上層部からもだいぶ責められた。ただ、あと一分でも遅ければ、田原美代子は死んでいた。

隆博はまた、同じ台詞を繰り返す。

「本人が選んだ道です」

薄暗い部屋の中、俺と隆博はしばらく無言だった。腕時計を見て、「ではそろそろ」と言いかける。しかしその声を押さえ込むように、隆博が口を開いた。

「ただ、違うと思っているんですよ」

「違う、とは」

隆博は、俺に話しているのではなかった。自分の心を整理するように、ぽつりぽつりと言葉を続けた。

「俺はあいつのことをよく知ってます。こう言っちゃあなんだが、警官になるような男じゃなかった。血のせいだとは思いたくないが、親父に似てるところがありましてね。頭は悪くないんだが、肝っ玉が小さい。そのくせ、開き直るとくそ度胸はありましてね……。あいつは銃が好きだった。銃を撃ちたくて海外旅行に行き、戻って来れば早撃ちの自慢ばかりするようなやつです。銃を持てるからっていう理由だけで警官になったんじゃないか。

だから、人質を守ろうとして発砲したなんて話は違う。そんな立派な死に方は、俺の弟がするもんじゃないんですよ」

そしてふと、いま気づいたように顔を上げ、言った。

「柳岡さん。あいつが死んだ現場に、あんたもいたんですよね」

「いました」

「警察には、言えないこともあるのは承知しています。言うなと言うなら誰にも言いません。だから、あの日なにがあったのか、俺にぜんぶ話しちゃくれませんか」

隆博の言う通りだ。警察には、警官には、言えないことがある。

たとえば警察葬の斎場でも、いまこの場でも、俺は指揮官として川藤の死を防げなかったことを謝ってはいない。二十年間警察の水を飲んできた経験が、謝ることをさせないのだ。

遺族に現場のことを話すのは、論外と言っていい。話せば話すほど、警察の対応に不備があったのではと付け込む隙を与えることになる。誰にも言わないと言ったその口で、明日にはテレビのインタビューに応え、警察の失敗をあげつらっていても不思議はない……。

「柳岡さん！」

だが、俺は疲れていた。

川藤には、三木のような死に方をさせたくなかった。あいつが警官に向いていないことはわかっていたのだ。わかっていたのに、それを責めれば川藤も死ぬのではないかと思い、俺は黙った。左遷先の交番から、さらに飛ばされたくはなかったのだ。

それなのに川藤も死んだ。首から下を真っ赤に染めた、無惨な死に方だった。もし、もっと警官の心得を教えていたらどうだったろう。お前の性格では現場に出たとき危ないぞと、ぶん殴ってでも教えていたら?

三木は俺の独善が殺した。川藤を殺したのは、俺の保身ではなかったか。辞めよう。俺もまた、警官には向かない男だったのだ。

そう思うと、あの日の出来事がまざまざと甦ってくる。

「あの日は……。朝からおかしな事が続いていた」

俺は話した。

田原美代子は午前中に相談に来ていたこと。

勝の様子がおかしいことは事前にわかっていたこと。

徘徊老人を捜しに出たこと。スーパーマーケットでの事故。迷子の中学生。常連からの、緊急性の低い通報。

川藤の昼飯がカツ丼だったことまで俺は話した。

隆博は目を閉じ、聞いていないようにすら見える。それならそれでもよかった。

煙草の脂《やに》で黄色く汚れ、線香の煙に混じってどぶ川のにおいすら漂ってくるような六畳間が、俺の告解室だった。

　そして話は、十一月五日午後十一時四十九分に辿り着く。

五

　雨は降らなかったが、冷える夜だった。

　零時を過ぎたら俺と川藤が休憩し、梶井が最初の夜番に就くはずだった。現場から戻り、コートを脱ぐ間もなく無線機から指示が聞こえてきた。

『本部から緑1どうぞ』

「本部了解。こちら緑1、本部どうぞ」

『緑1了解。女性から、夫が刃物を振りまわしているとの通報あり。名前はタバラ。タバコのタ、ハガキのハに濁点、ラジオのラ。住所を聞く前に通報は途絶した。緑1交番が状況を把握していると言っていたが、わかりますか。どうぞ』

　握りしめた拳に力が入る。手振りで梶井を呼ぶとそれだけで察したようで、手帳を出して田原の住所を書いたページを開いてくれた。

「本部了解。わかります。緑町一丁目二番地七号、田原勝の妻、美代子と思われます。どうぞ」

『緑1了解。緑町一丁目二番地七号、田原勝、了解。係官は現場に急行し、確認されたし。どうぞ』

「本部了解。急行します。どうぞ」

『緑1了解。無線には注意されたし。以上』

梶井は交信の間にコートを脱いでいた。川藤は緊張した顔をしているが、戻って来た時の恰好のまま立っている。俺も自分のコートのボタンに手をかけながら、

「防刃ベストを着けろ。急げ」

と指示する。

緊急時の反応は、やはり新人が一呼吸遅れる。俺と梶井がベストを着込んでも、川藤は袖を通すのにもたついていた。硬い素材だから着込みにくいのは確かだだが、その間に俺と梶井はコートを羽織る。梶井が訊いてくる。

「警杖《けいじょう》はどうします」

交番の壁には一・二メートルの杖が立てかけられている。長すぎて、自転車を使うなら持って行けない。パトカーには積めるが、あいにく田原の家の近くは一方通行が多く、車では大回りになる。

「置いていく。時間が惜しい」

「わかりました」

ようやく川藤が防刃ベストを身につける。コートにも手を伸ばしているが、

「行くぞ」

と制して、交番を出る。

わからないもので、普段は空を見上げるような趣味を持ち合わせてはいないのに、その晩の月だけはよく憶えている。雨と予報された空は薄い雲に覆われて、満月はおぼろに霞んで見えていた。緊急とはいえ、前後の見境なく非常識な速度で走るわけにはいかない。急ぐ中にも、腰の警棒を意識する気持ちの余裕はあった。

通報から七分後、十一月五日の午後十一時五十六分に現場に到着。すでに近所の住人が道路に出て、不安げに一軒の家を見つめている。寝間着に半纏を羽織った老人が、俺たちの姿を見るや「ああ来た、お巡りさんこっちこっち」と手招きした。

「さっきまで悲鳴が凄かったの。いまは静かになっちゃって……」

と言いかけたところで、出し抜けにきんきん声が響き渡った。

「やめてーっ、許してーっ」

男の声は聞こえない。すぐに無線機を手に取る。

「緑1から本部どうぞ」

『緑1了解。どうぞ』

「本部了解。田原美代子の自宅に到着。事態は切迫している模様。応援願います。ど

うぞ」

『緑1了解。応援送ります。以上』

無線を切ると、すぐに梶井が訊いてくる。

「どうします」

応援を待つか、という意味だった。答えるより先に、川藤が言った。

「行きましょう。相談されたその日に死なれるなんて、洒落にならないっす」

俺は川藤を睨みつけた。死は、軽々に口にすべきではない。

ただ、田原勝が刃物を持って暴れているなら、一刻を争うのも確かだ。

「やろう」

「わかりました」

田原の家は二階建てで、コンクリート塀に囲まれている。玄関は見えているが、街灯の乏しい住宅街ということもあり、他の様子はわからない。玄関の鍵が開いている保証はない。テラス窓があれば、最悪の場合、それを割って侵入ということも考える。

「梶井、先頭を頼む」

「了解」

梶井、川藤、俺の順で玄関へと走る。梶井が肉づきのいい指をドアノブにかけると、振り向いて、頷いた。鍵は開いているらしい。梶井は右手で警棒を抜き、左手で改めてノブを摑む。

「行け」

の合図で、梶井が駆け込む。同じく警棒を摑んだ川藤が続き、俺は一瞬だけ目線を走らせて周囲を確認する。コンクリート塀の内側は剝き出しの土になっており、大きな寸胴《ずんどう》のポリごみ箱が置いてある。煉瓦で囲まれた一角の内側は花壇なのかもしれないが、季節のせいなのか、いまは草一本見当たらない。

二人に続き、俺も田原家の中に入る。明かりは点いていた。そして、板張りの廊下に点々と血が残っている。廊下は左手に伸び鉤の手に曲がっているが、右手には階段がある。梶井の戸惑いを察し、俺は声を張り上げた。

「田原あ！　そこまでだ！」

相変わらず、男の声はない。だが耳をつんざく甲高い声が返ってきた。

「助けて、ここよ！」

「二階だ」

俺の言葉を待たず、梶井は土足のまま駆け上がる。泣き出しそうな「早く、早く、早く！」という声に導かれ、広くもない家を走る。ガラス戸で仕切られたリビングらしい部屋には、誰もいない。

声は途絶えた。だが、何かを殴るような、鈍い音が聞こえた。その音にいち早く反応したのは川藤だった。廊下に戻り、さらに家の奥に向かう。襖が開いていて、明かりの消えた部屋があった。そこに飛び込む。

六畳を二間繋げた部屋の奥、障子戸が倒されテラス窓が開いていた。縁側の先、土が剝き出しの庭に美代子がいた。尻をつき、コンクリート塀にもたれかかって顔を上げない。月明かりの中、仕事帰りのままだろうダウンコートが斜めに切られて、中綿がはみ出しているのが見えた。

そして美代子の横に男が立っている。頰骨が浮き出るほど痩せて、背が高い。やつれているが、見間違えるほど変わってはいない。田原勝だ。

俺たちは室内を抜け、庭に降りる。そのまま制圧出来るかと思ったが、田原はどこから出したのかと思うほど凄みのある声で「動くな」と叫んだ。俺たちが止まったのは、その声のせいではない。田原が美代子の首すじに刃物を当てたからだ。月明かりの中、刃物は異常に大きく見えた。それは俺が危惧した両刃ではなかったが、反りがある。短刀だった。

田原は、最初の一喝からがらりと変わって、媚びるような声で言った。

「お騒がせします。お巡りさん、見逃して下さい。家庭の問題ですから」

「ふざけるな、正気かお前」

「もう疲れたんです。美代子の浮気には」

「落ち着け。とにかく刃物を下ろせ」

位置がまずかった。先頭は川藤。梶井は縁側から降りたところで、川藤の真後ろに立っている。何をするにも川藤が邪魔で素早くは動けない。俺は庭に降りていなかった。縁側から田原まで、五、六メートルほど。警杖を置いてきたのは失敗だった、という思いが頭をよぎる。

「用事が済んだら、好きにして下さい。ただ、俺は……」

縋《すが》るように言いかける田原の言葉を遮って、いきなり川藤が叫んだ。

「諦めろ。緑1交番だ！」

初めての捕り物でわけのわからないことを口走る例は多い。バールを振りかざした被疑者に向けて「終わって下さい！」と叫んだ新人もいた。だから川藤の言葉も変だとは思わなかった。だが、その一言は田原を豹変させた。

「緑1？　貴様か！」

短刀を美代子の首から離す。気弱そうですらあった顔は一変し、落ち窪んだ眼窩《がんか》の奥の凶暴な目は、およそ正気とは思えなかった。

「貴様が美代子を！」

突っ込んでくる。

俺は縁側から飛び降りる。梶井は警棒を構え、一歩下がる。短刀が川藤に向けて突き出されたとき、俺は土に片足をついていた。

梶井の体が邪魔になり、その先ははっきりとは見えなかった。ただ、二十年の警官生活の中で訓練場以外では聞いたことのない、しかしはっきりそれとわかる音は聞こえた。——銃声だ。

早撃ちだった。音は、一続きに聞こえた。

だが田原は止まらない。短刀が伸びる。

直後、田原の体がぐらりと傾く。突進の勢いそのままに、膝から崩れ落ちるように転がる。

「確保！」

そう声を上げ、屈んだまま滑るようにして、倒れた田原に覆い被さる。短刀を摑んでいた右手を押さえ込む。

だが、俺に続くはずの部下は動かなかった。顔を上げ、俺はようやく、何が起きたかを知った。

血だ。首から噴き上がっていく。川藤の手は自分の首を押さえようとするが、指の間から血は放水のように放たれ、コンクリート塀まで飛び散っていく。

「川藤！」

梶井が絞り出すような声を上げる。俺は田原から手を離さなかった。

サイレンが近づいてくる。救急が来た、川藤は助かる、と思った。

現職の警官として、サイレンを聞き分けられなかったのは恥とするべきだ。駆けつけたのはむろん応援のパトカーであり、ただちに要請した救急が到着するまでには更に十四分かかった。

救急車は二台来て、田原を残し、川藤と美代子を乗せていった。この点は後に批判されたが、田原は即死であり、川藤はまだ生きていたからと説明された。

ただ私見としては、あの時点で、川藤にまだ命があったとは信じていない。

六

話が終わる頃には、空き缶に挿した線香は燃え尽きていた。

口を閉じると六畳間は静かだった。隣人は一人もいないかのように静まりかえっている。車の音も聞こえない。ただ微かに、どぶ川の水音だけは聞こえるようだった。

病院で意識を取り戻した美代子は錯乱し、しばらく話も聞けなかった。二日様子を見て、落ち着いた頃合いを見計らって話を聞きに行ったが、本人も何が何だかわからないと言っていた。

あの日、美代子はいつも通り仕事に出かけた。バーのホステスと言っているが、店の実質はクラブに近い。午後十一時半に店が閉まり、家に帰ってすぐ、夫に襲われたという。

「やっぱり浮気していたな、わかったんだ、の一点張りで、話なんか通じなくて……。おかしい男だってわかってた。いつかこうなるって。でも」

不意に、燃え上がるような目で美代子は俺を睨んだ。

「何も、殺さなくてもよかったのに！　人殺し！」

後で知ったが、この時点で田原美代子は、川藤が死んだことを知らなかった。ただ、もし知っていたとしても、美代子の夫が射殺されたことには変わりない。

緑1交番の名を聞いた途端に田原勝が態度を変えたのは、美代子の浮気相手が交番の警官だと思い込んでいたからだろう。事実、美代子は緑1交番を頻繁に訪れていた。疑念に囚われた田原がおかしな思い込みをしても不思議はない。

……美代子が本当に警官と浮気をしていなかったかについては、内偵が入った。もし川藤と美代子が出来ていたとするなら、事件の動機は痴情のもつれになる。それを公表するかはともかく、事実の確認は行われた。

結果はシロだった。勝が死んだ後も美代子は浮気の事実を否定し続け、調査結果にも疑わしいところはない。そもそも川藤が緑1交番に配属されたのは、事件の一ヶ月前に過ぎない。

瞑目《めいもく》し石のようになっていた隆博が、ゆっくりと目を開ける。

「柳岡さん。いくつか、聞かせてもらっていいですか」

「どうぞ」

「あいつは即死じゃなかった。首を手で押さえながら、しばらくは生きていた。そうですね」

頷く。

「……最期に、あいつは何か言いやしなかったですか」

思い出す。応援の警官の怒号。不思議に無感情な声で救急を要請する自分の声。何度も川藤の名を呼ぶ梶井。紙のように白い川藤の顔に飛び散った、血の赤。

最期まで、川藤はたいしたことを言っていない。

「『こんなはずじゃなかった』と」

「それだけですか」

「『上手くいったのに』と。そう繰り返していました。『上手くいったのに』」

上手くいったのに。隆博はその言葉を、自分でも何度も呟く。

「何のことだと思いますか」

「射撃のことでしょう。川藤が撃った弾は、確かに田原に命中していました。川藤は恐らく、田原を止めたと確信したはずです。しかし田原は止まらなかった。当たったはずなのに、自分が死ぬとは思わなかった。そういう意味でしょう」

納得したのかしないのか、隆博は俯《うつむ》いて身じろぎもしない。

「あいつの弾は、全部犯人に当たったんですか」

その点は検証が行われた。表向きは適正な拳銃使用だと発表しても、発砲はやはり不祥事のような扱いを受ける。現場検証は徹底していた。

「いえ。四発です。うち一発が心臓に当たっていました」

「新聞じゃ、あいつは五発撃ったと書いてありました」

「鉄砲には何発弾が入るんですか」

「そうです」

「五発です」

「弟は、ありったけの弾を撃った」

「そうです」

少しの沈黙の後、隆博はこう言った。

「外れた一発はどこにありましたか」

それについては、どこにも報道されていなかった。

「庭に落ちていました」

「落ちていた。しかしさっき、庭は土が剝き出しだと言っていた」

しかし事実である。

外れた弾は俺が見つけた。川藤と美代子が搬送されていき、田原の死体が残された庭で、土にめり込んだ金属を見つけた。鑑識が派遣されたと聞いていたので、手は触れなかった。だがそれは、間違いなく川藤の拳銃から発砲された実弾だった。

「落ちていました。ただ、川藤は外したんじゃない」

「というと」

「空に向けて威嚇発砲したんでしょう。その弾が落ちてきた」

「あいつは威嚇発砲をしたんですか」

俺は、すぐには頷けなかった。

目の前に梶井がいて視界が遮られていた。威嚇発砲をする川藤を見たかと言われると、見てはいない。その余裕はなかったのでは、とも思う。だが、

「したでしょう。現に弾丸が地面に落ちていた以上、そう考えるしかない」

隆博は頷きはしなかったが、繰り返し念を押すこともしなかった。ただ、詫びるように、

「煙草、いいですか」

と訊いてきた。

二人で煙草を吸う間、お互い口を利くことはなかった。隆博の顔には表情というものがない。何をして生きている男なのだろう。

……俺自身、ひとつわからないことがある。

田原家に突入したとき、川藤は警棒を持っていた。梶井が左手でドアノブを摑み右手に警棒を持ったとき、川藤も警棒を手にしていた。これは憶えている。しかし田原が襲ってきたとき、川藤は間髪を容れず発砲している。いつの間に拳銃に持ち替えたのか。

ただ、川藤に拳銃を使いたがる癖があった事も間違いない。スナック「さゆり」の一件を思い出せば、頷けないこともない。

大きく煙を吐き、隆博が灰皿代わりの空き缶に煙草をねじ込む。俺の煙草が終わるのを待ち、携帯電話を出してきた。

「実は、柳岡さん。あの日、弟からメールが届いたんです」

初耳だった。

隆博は携帯電話を操作し、当のメールを俺に見せる。

——とんでもないことになった。

文面はそれだけだった。受信時刻は、十一月五日、午前十一時二十八分。

「あいつがメールを出すところに、気づきませんでしたか」

「この時間はパトロールに出ていました。川藤は交番でひとりだった」

携帯電話を卓袱台に置き、隆博が言う。

「あいつが俺に『とんでもないことになった』と言うのは、だいたいろくでもないときです。そう決まってた」

太く落ち着き、確信のある声だった。

「あいつが高校生のとき、やっぱり『とんでもないことになった』と言ってきたことがあります。付き合ってる女が妊娠したと言ってきたんです。なにしろ小心者だから泡を食って、俺に電話してきた。お袋が死んでいたのは良かったかもしれない。もし生きていたら、あいつはたぶんお袋に泣きついたでしょうから」

「……」

「調べたところ、金ほしさの狂言だとわかりました。タチの悪い女でね。柳岡さんの前で言うのもあれだが、事を収めるには随分、荒っぽいこともしました。

大学受験の時も、とんでもないことになった、と。入学金をあらかたパチンコでスッたんです。俺の貯金じゃ足りなくて、方々に頭を下げあっちで一万、こっちで五千と借りて、何とか間に合わせました。あのときが一番やばかった。生まれて初めて、弟を本気で殴りましたよ」

隆博はふと、俺をまともに見た。

「わかりますか、柳岡さん。あいつが『とんでもないことになった』と言うのは、俺に尻拭いをしてくれと頼むときです」

「あの日も、あんたが」

しかし隆博はかぶりを振る。

「いや、あの日は何もしていません。携帯電話を家に忘れて出かけたんです。帰って来てメールに気づいて、何かあったなと思っていたら、夜になって」

川藤浩志は殉職した。

「柳岡さん、どうですか。あいつが送ってきた『とんでもないこと』ってのは何だったか、心当たりはありませんか」

俺は、黙り続けるしかない。あの日、俺たちが警邏に出ている間、川藤に何があったか。考えたこともなかったからだ。

「とにかく」

隆博の声から張りが消える。呟くように、彼は最後にこう言った。

「俺はあいつが勇敢に死んでいったなんて思わない。あいつは駄目な男だった……。それが、俺の知っている浩志なんです」

やはり、俺は何も言えなかった。

だが隆博の言葉で、五発目の銃弾はなぜ庭に落ちていたのか、どうやらわかりかけてきた。

七

葬儀の写真を見ないんですか。

新しい部下が、そう訊いてくる。

「後で見る」

それだけ言って追い払った。部下は、ふんと鼻を鳴らして背を向ける。俺がこのまま警察にいるとは思っていないのだろう。川藤の兄は約束通り、誰にもなにも話さなかったから、殉職に関するいきさつを民間人に漏らした責任は問われなかったが、無謀な突入で部下を死なせた男として、陰に陽に退職を迫られている。その圧力に抵抗する力は、もう残っていない。漫然と過ぎて行く日々の中、俺はただ、川藤に起きた「とんでもないこと」について考え続けている。

開け放したガラス戸から、国道60号線が見える。舗装工事は終わって、真新しく黒々としたアスファルトの上を車が走っていく。

十一月五日、工事現場の誘導員のヘルメットに当たったのは、何だったのだろう。川藤は車が撥ねた小石だと言っていた。いや、そう強調していた。心に引っかかるほど、あいつは「車が撥ねた小石」と言い続けていた。

いまの俺には、それが何だったかわかる気がした。

拳銃弾。

銃を撃つために海外旅行に行く川藤。スナックでの小競り合いですら、銃に手を伸ばした川藤。あの日、一人で交番にいた川藤は、拳銃を触っていたのではないか。暇に飽かせての遊びだったのか、それとも汚れでも見つけての手入れだったのかはわからない。とにかく、川藤は拳銃を発射してしまった。

交番のガラス戸は、いつも開け放してある。弾は外へと飛び出す。

道路工事の騒音と振動のおかげで、銃声は隠された。だが川藤は、誘導員が倒れるのを見た。暴発した弾が当たったのだ。交番を空けて、川藤は誘導員に駆け寄る。幸い、怪我はない。ヘルメットを掠めただけらしい。誘導員は、車が小石を撥ねたのだと思い込んでいる。川藤は胸を撫で下ろす。

しかしすぐにでも、自分が破滅に瀕していることに気づいただろう。

警察において、銃弾の管理はおそろしく厳しい。その紛失は一発だけでも出世の道を閉ざし、ややもすると退職にすら追い込まれかねない。しかも川藤の場合、暴発の上、事もあろうに人間に当たっている。依願退職では済まないどころか、おそらく訴追される。

川藤は兄に向けてメールを打つ。——とんでもないことになった。だが返信はない。もっとも、もし隆博がメールを見ていたとしても、今回ばかりは何も出来なかっただろう。

失敗を隠すためなら、あり得ないようなことでもしようとする。書類箱の鍵をかけ忘れたとき、一人で警邏に行くと主張したように。川藤は考えた。どうすれば暴発を隠せるか。誘導員は撃たれたことに気づいていない。跳ねてきた小石を探すと主張して歩きまわり、恐らく幸運にも、弾丸を見つけることはできた。だが問題は返却だ。当直が終われば、銃と銃弾を返さなくてはならない。一発でも足りなければその場で発覚する……。

そして辿り着いた結論は、暴発を隠すには発砲すればいい、ということではなかったか。

川藤は田原に電話をかけた。連絡先は相談履歴に載っている。田原は無職で、昼間も家にいた。そしてこう告げる。

——奥さんは浮気している。相手は緑1交番の警官だ。

田原はもともと、かなり不安定な精神状態にあった。得体の知れない電話を笑い飛ばすことは出来ない。火のないところに煙は立たずと思っただろう。川藤は田原勝を、合法的に銃弾を撃ち込んでもよい的に選んだのだ。

事は上手く運んだ。田原は帰宅した美代子を襲い、美代子は警察に通報した。交番の電話番号を教えておいたのに一一〇番通報されたのは予想外だったかもしれないが、いずれにせよ出動命令は最寄りの緑1交番に発せられた。いざ現場に到着したとき、応援を待とうと仄めかした梶井に対し突入を主張したのは、川藤ではなかったか。田原家に入る際は、警棒を構えていた。最初から拳銃を抜いていれば、俺が確実に止めただろう。捜索のどさくさに紛れて拳銃に持ち替え、田原を捜す。

対峙した田原は、しかし予想外に大人しい。異常なことを口走ってはいるが、襲いかかってくる気配はなかった。そこで川藤は叫ぶ。「諦めろ。緑1交番だ！」。その一言は、合言葉のように覿面《てきめん》に、田原を激昂させる……。

あのとき、俺は銃声を何発聞いただろう。わからない。音は一続きに聞こえた。銃声は、四発だったのではないか。川藤は全弾を命中させ、そして交番勤務中に暴発した一発を、足元に落とした。おそらくは上から踏みつけ、土にめり込ませもした。全ては一瞬の出来事だった。

しかし、川藤は一つ大きな誤りを犯した。人間の執念を甘く見たのだ。

短刀で頸動脈を切り裂かれ、全身の血を失っていく中、川藤は呟き続ける。

「こんなはずじゃなかった。上手くいったのに。上手くいったのに……」

美代子に訊いた。田原は以前から、警官を浮気相手として疑っていたのか。美代子は、そんな素振りはまったくなかったと断言した。あの夜までは店の客ばかり疑っていたのに、と。

非番の日、交番の向かいに立つ街路樹に傷を見つけた。幹の一部が刃物で傷つけられており、深く突き刺さった何かを引き抜いたような痕が残っていた。

隆博はおそらく、弟が何をしたのか気づいている。俺は警察を去るだろう。

国道60号線を無数の車が走っていく。それぞれに人生を乗せて。そいつらの中にはきっと、生まれつき警官に向いた男だっているのだろう。

だがこの交番にいたのは、警官に向かない男たちだった。

こんな日は、交番が禁煙になったことが無性に恨めしい。

沈黙の終着駅

呉 勝浩

呉　勝浩（ご・かつひろ）
一九八一年青森県生まれ。二〇一五年、『道徳の時間』で江戸川乱歩賞を受賞しデビュー。一八年、『白い衝動』で大藪春彦賞、二〇年、『スワン』で吉川英治文学新人賞、日本推理作家協会賞（長編および連作短編集部門）を受賞。

1

庵仁《あんじん》駅は島式の二面四線で、ホームは八両編成車両が発着できる長さとなっている。二つある路線の一方は県を横切る東西線《とうざい》、一方は縦に貫く常和線《ところ》だ。交通の縦軸と横軸が交わるこの駅の利用客は多い。特に早朝と夕時は東京都心と遜色《そんしょく》がないほどで、いかに県の労働人口が庵仁町に集中しているかの証左とも言えそうだった。

番場《ばんば》が庵仁駅東西線乗り場の連絡通路に着いた時、時刻は午前十一時前だった。ピークは過ぎたものの往来は続いており、客たちは警官が囲う階段下の現場を興味深げに横目で見やりながら、目的の乗り場へ歩いている。

「お早うございます」

番場を出迎える船越誠也《ふなこしせいや》の気張った声に、初々《ういうい》しい興奮が表れていた。捜査一課のルーキーは、相棒なしの臨場を初体験していたところなのだ。

「遺体は?」

「さっき大学病院に運ばれました。司法解剖に回すそうです」

番場は黙って首を掻《か》く。本当は仏さんを拝《おが》んでおきたかったが、身重の妻とのごたごたで遅れてきたのは自分だ。公共の場に長々と遺体を放置できるはずもなく、文句を言える立場ではなかった。

番場の不満を読み取ったのか、船越がフォローを入れてくる。

「写真を見てもらったら、だいたいの状況はわかると思いますよ」

もちろん見る。だが現場で実物を見るのとではどうしても違う。こういうこだわりが県警で、現場の番場、と呼ばれる一因なのだろう。

「ガイシャの身元はわかってるのか?」

「加島和敏《かしまかずとし》、三十五歳。住所は庵仁町六の四の二、パレス庵仁三〇一号室となっています」

船越が伝えてくれたのは、遺体の所持していた運転免許証からの情報だった。透明のビニール袋に入ったそれを番場に差し出してくる。

顔写真は不機嫌そうな茶髪の男を写していた。ふくよかな頬、細い二つの目が睨むようにくっついている。

「加島は仕事で駅を訪れていたようです」

「通勤か？」

「いいえ。彼は庵仁町にある介護関係の会社に勤務しています」

高齢者の買い物や散歩の介添え、話し相手などを請け負っている会社らしい。

「勤務中の転落だったようです」

「すると――」番場は免許証から船越へ視線を移す。「ガイシャは客と一緒だったのか？」

船越が頷いて続けた。

「多賀林蔵《たがりんぞう》という老人です」

「その人は？」

「駅長室で待ってもらっています」

事件は、あまり難しいものではなさそうだった。目撃者の証言によるとラッシュの終わった十時過ぎ、加島は突然、連絡通路の階段から転げ落ちたのだという。遺体の手には杖が握られていた。持ち主の多賀老人は、それを見下ろす格好で階段最上部の手すりに摑《つか》まって立っていた。これが事故なら加島の不注意だろうし、事件なら犯人は多賀だろうと思われた。

「ただ……」

と船越が難しい顔をする。

「多賀さんは、まったく口をきいてくれないんです」

この段階ではまだ、番場に焦りはなかった。

2

殺風景な駅長室のソファに座る老人はしゃんと背中を伸ばし、杖で身体を支えていた。加島が握っていたものではなく、駅が用意した代わりの品である。

頬のこけた顔に、華奢《きゃしゃ》で骨ばった身体つきだった。歳の頃は七十から八十あたりか。番場より、三十ほど上ということになる。

「県警捜査一課の番場と申します」

対面に座って名乗るが、返事はおろか、ぴくりとも反応を示してくれない。視線は二人の刑事を通り越し、天井の隅の辺りへ向けられている。テーブルに置かれた湯呑の緑茶に口をつけた様子もない。

「多賀さん。加島和敏さんをご存知ですね？」

当たり前のことから確認をしてみるが、老人は微動だにしなかった。

「加島さんは亡くなりました。駅の階段から転落して」

無反応。

「事故と事件の両面から、私どもは捜査しています」

少しばかり過激な物言いをしてみる。けれど何も違いは生まれなかった。完全無視だ。

「耳も、相当遠くなってるのかな」

番場は口もとを隠し、船越に囁《ささや》く。参考人の前でする露骨な耳打ちという行為に、相棒は驚いた顔をした。もちろん番場は敢えて無礼を犯したのだが、それでも多賀は無表情で、気にするそぶりは見せなかった。動揺も不快も、感情の一切が窺えない。

番場は内心、ため息をついた。初めてこの捜査が、やっかいな仕事になりそうだという予感が芽生《めば》えた。

「多賀さん。あなたが加島さんに付き添われていたことは複数の目撃者から確認しています。加島さんが、もし誰かに突き落とされたのだとしたら、あなたはそれを見ているはずです」

まるで銅像を相手にしている気分になる。

「紙に書いたほうがよろしいですか？」

返事はなかったが駅長にメモ用紙をもらい、質問を書き連ねて目前に突き出してみた。

「どうです？　何か、お話ししてくれてもいいし、ここに書いてくれてもいい。思い当たることがありませんか」

まったく、何も返ってこない。

「失礼します」

終わりの見えない沈黙を破った訪問者は、顎の尖った四十過ぎと思しき女性だった。

「『ライフパートナー庵仁』の栗原《くりはら》と申します」

きびきびと名刺を差し出してくる。長い髪を後ろに束ねた首もとから社員証がぶら下げてあった。

「加島さんが事故にあったと聞いて、多賀様をお迎えに参りました」

「まだお話の途中なんですが」

立ち上がる船越を、栗原直子《なおこ》は目を細めて睨んだ。

「多賀様に何を訊かれているのですか？」

「加島さんが階段から転落した時の状況を伺っています」

「刑事さん。多賀様はご覧の通りご高齢です。それもこんな事故の直後に長時間尋問するなんて、考えられません」

「尋問だなんて、とんでもない」

腰の引けた弁解にも栗原の剣幕は変わらない。

「ともかく私が連れて帰ります。お話はまた後日になさってください」

「しかし」

「多賀様のお身体に何かあったら、あなたに責任が取れるんですか？」

船越は黙ってしまった。正義感のままに直進する彼は、正論をぶつけられると木偶《でく》になる。

「栗原さん」

番場は立ち上がり、彼女のもとに歩み寄った。小声で尋ねる。

「多賀さんは、何か障碍《しょうがい》をお持ちなんですか？」

きっとした視線が飛んできた。「プライバシーに関わることをお伝えするわけにはいきません」

「それはそうでしょうが、どちらにせよいずれ、あなたやあなたの会社にも正式な聴取をお願いすることになりますから」

小さく息を吐いてから、厳しい表情のまま答えが返ってきた。

「多賀様は、言語障碍を患《わずら》っていらっしゃいます」

「言葉を喋ることができない？」

「はい」

それに――と加える。「お身体も良くありません。何年か前に脳梗塞で倒れられた後遺症で、指に麻痺が残っていらっしゃいます」

「字を書くこともできない？」

栗原が頷いた。摑んだり持ち運んだりはできるが、細かな作業は難しい。後遺症は右足にもあって、移動には杖が欠かせないという。

これはやっかいだな、と番場は改めて思った。

振り返ると多賀は、ただ真っ直ぐ、遠くを見つめていた。

3

加島和敏は庵仁駅から西へ十駅ほど離れた弥園《みその》市の生まれで、十八歳の時に故郷を飛び出している。庵仁市内で得た職を一年持たずに辞めた表向きの理由は一身上の都合となっているが、実際は解雇だった。従業員三名ほどのゴム加工会社の社長は、以下のように証言した。

「俺の友達が進路指導の先生しててさ。和敏を雇ったのはそいつに義理があったからなんだ」

当初は立派な身体をした若者の働きに期待したが、加島の勤務態度は良好の真逆だった。

「俺も経験あるけどさ、田舎から出てきて自由な一人暮らしってなると、羽目も外したくなるじゃない。ウチは観音通りとも近いしさ」

目と鼻の先にある県内有数の歓楽街に、加島はどっぷり浸かってしまったらしい。ほどなく遅刻、欠勤、居眠りの頻度が増した。自身もそれなりにワルだったという二代目社長は、「若いんだからしょうがねえ」と初めは鷹揚《おうよう》にかまえていたという。

「でもさ、盗みはいけねえよな」

会社の備品が減り始め、遂には社員の財布から札が抜かれた。

「状況的に、和敏しか考えられなかったんだよ。問い詰めたら、認めやしねえんだけど、不貞腐《ふてくさ》れたようにそっぽ向いてさ」

退職の勧告にも異を唱えなかったという。

「残念だけど、どうしようもねえよな」

慣れっこというふうに、社長は呟いた。

その後も加島は職を転々としており、先々で同様のトラブルを起こしていた。どうやら彼には盗み癖があったらしい。

両親は高齢で、警察にやって来たのは地元で主婦をしているという姉だった。

「子供の頃から悪い癖はわかっていました。私も何度も、やられていますから」

ＣＤや漫画本を勝手に売られたのは一度や二度でなく、万引きの常習でもあったようだ。

「私も両親も、いくらお金を盗られたことか。結婚の時、招待状を出したんですが、連絡がなくて安心していたくらいです」

ふう、とため息をついてから言う。「でも『ライフパートナー』さんですか？　そういう介護の仕事をしてたと聞いて、少しだけあいつを見直しました。真面目に働いていたんだなって」

それは決して正しい認識ではなかったが、応対にあたった捜査一課の葛井《かつい》主任は、ただ事務的に頷いたという。


「まあ、困った男でしたよ」

『ライフパートナー庵仁』の事務所は庵仁町の大通りを横道に一本入った路地にあった。古びたビルの二階に借りているフロアは個人事業にふさわしい狭さだったが、掃除は行き届いていた。

番場たちを迎えた代表の倉橋辰夫《くらはしたつお》は、薄くなった頭髪の下につぶらな瞳をぶら下げた五十がらみのでっぷりとした男だった。従業員は出払っており、自ら茶を用意すると饒舌《じょうぜつ》に不満を明かした。

「何度か苦情があったんですわ。お客様のご家族さんから、持たせていた財布の金が減ってるけど何に使ったんだって。そのたびにあたしは頭下げて、無駄遣いが過ぎたって詫びたもんです」

何度となく問い質したが、加島は認めなかった。

「難しいんですよね。ウチのお客様って、早い話、生活力が衰えてるわけじゃないですか。だからウチを利用してるわけですよ。巾着袋から札が一枚消えてたって気づかないし、気づいてもよくわかってないんですわ。盗られた本人がろくに証言できないんだから、盗ったほうが認めなくちゃなかなかね。あれ欲しい、これ欲しいと言われるから、希望のままに買ってやっただけだって言い張られちゃうとね」

それも自動販売機や露店の軽食といった、領収書などもらえない買い物がほとんどで、挙句に「介護を押しつける家族はクレーマーみたいなもんだ」とまで言い放ったのだとか。

「むしろ自分が立て替えてやってることも多いとね。これで解雇になったら出るとこ出ますよなんて脅してくる。情けない話、持て余していたんですわ」

「ここで彼は何年働いていたんですか？」

番場の隣に座った船越が尋ねる。今日の聴取はルーキーのデビュー戦だ。

「二年目です。面接の時はね、物腰も大人しかったんですよ。でも半年して契約社員から社員に格上げした途端、本性を出し始めました。まずは髪を染めてきてね。注意しても馬の耳に念仏です。それからすぐ、最初の苦情があって。こっちもどうにかしたかったんですが、人手不足ってのもありましたし、普段はね、それなりにちゃんと仕事をこなしてくれてましたしね。問題が起きて何ヵ月かは、真面目にやるんですわ」

黙ってやり取りを聞きながら、小悪党なりの処世術か、と番場は思った。

「こちらでは、いわゆる訪問介護のようなお仕事をされていると聞いてます。担当制ですか？」

「お客様には気難しい人もおりますからね。担当以外の者を派遣すると暴れちゃったりね。予約をもらえれば、出来る限り希望の人間を行かせるようにしてます」

基本給に加えて訪問件数で歩合がつくシステムだという。担当が多ければ多いほど給料が上がる仕組みだ。

「当日の依頼もあるし、人手が足りなくてヘルプに回ることもありますけど、できるだけ加島には回さないようにしてました」

自分の担当している客から声がかからない時、彼は事務所内で雑用をさせられていた。それも決して熱心ではなかったそうだ。

「お客さんの評判はどうだったんですか」いささか力みすぎの声で船越が尋ねた。

「そこは不思議でね。あいつが担当しているお客様は四人いるんですが、わりと悪くなかったんですわ。盗みの件もあって、加島には比較的元気な方を当ててました。悪さをされたら自分から申告できるくらい、しっかりした方をね」

しかし、そういう客から加島への目立った不満が出ることはなかった。むしろ彼を好んでいる老人たちも多かったらしい。

「でかい身体に安心感あったのかな。加島がお客様に甘かったのも事実なんでしょうけど」

「欲しいものを買ってあげていた、という件ですね」

船越の確認に倉橋は頷き、ため息をつく。「問題は、はずみでくすねちまうことでね。思うに、あいつはある種の病気なんじゃないかな。根が悪いというよりも、習性というか。ほら、万引きとかもそうだって言うじゃないですか」

だからこそ自分は加島のために配慮していたのだ——と、倉橋は言いたげだった。

番場にはマイルドな責任逃れに聞こえたが、世の中の処し方としては妥当にも思えた。

真っ直ぐな正義を信じる船越はというと、「ご苦労されたんですね」と感心したようにもらしている。そこまでわかりやすい話でないことを、いつかこの若者も気づくだろう。

「ところで、多賀さんについてですが」

その名を聞き、倉橋が大きな身体を揺らしながら座り直した。

「加島さんが担当してたわけじゃなかったんですよね？」

わずかに躊躇《ちゅうちょ》した後、倉橋が答える。「ええ。多賀様に、加島が付いたのは二度目です」

「多賀さんについて、詳しく伺ってもよろしいですか？」

「しかしなあ、プライバシーに関わる話ですから……」

「そこをなんとか」

腰が砕けそうになった。そこをなんとか――などという台詞は、今時押し売りのセールスマンでも使うまい。

「話せる範囲で結構です。『ライフパートナー』さんの業務についてのことなら、ある程度はかまわないでしょう？」

番場の助け舟に、倉橋はしばし困り顔を見せたが、それは演技にすぎない。この男は商売人だと番場は見抜いていた。吐くことは吐いて、警察の相手などさっさと終わらせたいと思っている。

「ご協力いただければ、私らも仕事が早くすんで助かるんですが」

予想通り、口もとがもぞもぞし始めた。

「たとえば、多賀さんの担当をされているのはどなたです？」

「今、多賀様には決まった担当がいないんですわ」

予約もなく当日の朝に連絡をしてくるため、手の空いている者が出向いているようだ。

「連絡は多賀さんのご家族からですか?」

船越の役目を奪った番場が尋ねる。

「いえ。ご本人様から。多賀様にご家族さんはおられません」

首を捻りそうになるのを堪えた。

「しかし、多賀さんは言語障碍を患っておられるでしょう。どうやってこちらに連絡を?」

「メールです」

多賀から会社のホームページに届くメールは決まって『朝九時に自宅。六時間』。

「毎回、この文面です。二時間コース、四時間コース、六時間コースとあるんですが、少しの用事でも、多賀様は六時間で依頼してこられます。お支払いも、その額でいつもいただいています」

多賀は手足も不自由だ。軽快なタイピングができるとは思えない。おそらくは最初に送ったメールを毎回そのまま送信しているのだろう。

支払いは現金でなく、引き落とし。最小限の労力でサービスを利用する仕組みを多賀は作っていたようだ。使用頻度は週に一回、曜日はまちまち。

「どのような用件が多いんです？」

「いや、そこらへんはあたし、現場に出るわけではないので。ただ、難しいことを仰る方ではなかったようです。シフトの都合で彼に当たると、ヘルパーたちは喜んでいました。どんなに短時間で仕事が終わっても、六時間分の給料がもらえますからね」

あとはヘルパーに訊いてくれ、という倉橋に向かって、番場は最後の質問をした。

「先ほど、加島さんには元気なお客さんしか当てなかったと仰ってましたね。多賀さんは、その条件から外れているように思うのですが」

倉橋は困ったような表情で答えた。

「できるだけ当てないようにしてたんですけど、こっちにも都合がありますから。あいつは多賀様に付かせて欲しそうでしたけどね。何度か、今日は依頼がないのか、と訊かれたことがありましたから」


仕事終わりの栗原直子を夕方過ぎに捕まえた。午後七時、『ライフパートナー庵仁』の近くにあるカフェで番場たちは再会を果たし、ご飯でもどうぞという船越の懐柔を、彼女は一言「結構です」と切り捨てた。

「手短にお願いします」

姿勢も正しく、物怖じしない態度で向かってくる。船越に任せて大丈夫かな、と番場は不安を覚えた。

栗原を待つ間、聴取の段取りを必死に考えていた船越に、番場はアドバイスを与えなかった。かわいい子には旅をさせよ——というのは大袈裟か。

「まずは加島和敏さんについて、お話を伺いたいんですけど」

「よく存じ上げません。事務所で顔を合わせることはあっても、お喋りをする仲ではありません」

「栗原さんは、何人くらい担当されているんですか?」

「それは事故に関係のあるお話ではないと思います」

きっぱり言い返され、船越は詰まってしまう。下手くそ、と番場は静かに息をつく。

実は倉橋から、栗原についての情報はもらっていた。番場たちには冷淡な彼女だが、顧客からの信頼は厚いという。かつて看護師として働き、専門の介護施設で長く勤めた経歴の持ち主なのだ。

「倉橋さんが、とても優秀なヘルパーだと仰ってました」

「勝手に私のことを話すなんて。倉橋にあとで苦情を言っておきます」

藪蛇だ。船越からはもう、余裕がすっかり失われている。

助け舟——はまだ早いか。

「あの、加島さんについてですが」

「先ほどお答えした通りです。特に知っていることはありません」

「職場ではどうでしたか。評判とか」

「倉橋からお聞きになってください」

番場は後輩の奮闘を見守りながら、じっと耐える。

「現場での評判を聞かせてほしいんです」

「基本的に、お客様には一人で対応します。どうやって加島さんの正しい評判を、私が知ることができるんですか」

「正しくなくても、噂くらいは――」

「噂を参考にするなんて。そんな捜査をされたらたまりません」

手強い。やはり船越には荷が重そうだ。

「栗原さん」仕方なく口を挟む。「担当制と言っても、身体は一つなんだから厳格に運用できるわけではないでしょう。あなたが担当するお客を、加島さんが看ることもあったはずです。そういう時、あなたならお客に、代わりの人はどうでしたか、不便はありませんでしたか? そんなふうに尋ねると私は思うのですが、いかがでしょう」

栗原直子は一瞬、返答に詰まった。番場の腹の内を探るかのように見つめてくる。

「特に――特に、苦情のようなものを聞いたことはありません」

ようやく質問に、まともな答えが返ってきた。もう少し踏み込んでみる。

「たまに、彼は問題を起こしたそうですね。お客の間でそういう情報が広まることはありますか?」

「それはないです。ヘルパーが漏らせば、あり得ますが」

「もう少し伺いたい。お客の中で、それぞれのヘルパーさんというのはどの程度知れ渡っているものなんでしょう。担当以外で、あの人、この人と見分けがつくものですか」

「そこまではちょっと何とも言えません。ただ、ウチには十人ほど登録のヘルパーがいますが、いろんな人がいるのは事実です」

「イレギュラーで付いたお客を奪うみたいなこともありそうですね」

きつく番場を睨んだまま、栗原は答えない。それで充分だ。ないことはないのだろう。客に気に入られれば指名が増える。指名が増えれば歩合がつく。システムはキャバクラと変わらない。

「私も――」と、番場は表情を和らげる。「そろそろいい歳です。近い将来、こういうサービスを利用するかもしれない。どうでしょう。個人的な質問で恐縮ですが、良いヘルパーさんはどうやって見抜いたらいいものなのか」

「合う合わないは個人の主観です。男性の中には、経験豊富なしっかり者より、仕事ができない若い子の方が好ましいという方も多いです」

硬い言い回しにも、少しだけ苦笑が感じられた。男って奴は——といったところか。

「これだけは避けたほうがいい、という特徴はありますか」

「責任感のない人ですね」

ふむ、と番場は相槌を打って先を促す。

「長生きをしたいなら、そこは絶対に譲っては駄目だと思います。頭で考えるのではなく、突然の事故が起こった時、反射的に相手を守れない人に、少なくとも私は自分や、自分の大切な人を任せようと思いません」

「なるほど。しかしそれを見抜くとなると、こちらも相当目利きでなくてはいけないようです」

「簡単です。初めて会った時、どこか喫茶店か食堂にでも行って湯呑を落としてみてください」

「ほう」

「その時、ヘルパーが真っ先にあなたを心配するか、周囲の目を気にするか。あなたに熱湯がかかっていないことを確認するのが先か、床にこぼれたお茶を拭くのが先か」

「反射ですか」

「そうです。試される側としてはあまり推奨できる方法ではありませんけど」

ほんのりと笑みが浮かぶ。だが、のんびりした会話はここまでだ。

「加島さんは、周囲の目を気にしますか？」

栗原の顔から柔らかさがなくなった。

「彼は転落した時、杖を握り締めていました。多賀さんの杖です」

写真で見た加島の遺体を思い出す。横向きに倒れた彼の右手は、それをしっかりと摑んでいた。

「たとえば、加島さんが不注意で足を滑らせたのだとして、咄嗟《とっさ》に多賀さんの杖を握ってしまったとして、です。補助があれば階段の上り下りはできたにしても、多賀さんにとって杖は必需品だったでしょう。加島さんは、そんな多賀さんから杖を奪うことがどれだけ危険か、反射的に考えないような人物だったのでしょうか」

栗原は番場の質問を吟味するように、視線を外す。

「あなたの直感で結構です。もちろん、捜査に影響することでもない」

「……彼なら、お客様のお身体を真っ先に心配するでしょう」

番場は黙って栗原を見据えた。その言葉がどこまで本心か測りかねた。

彼女の、逸らしていた視線が戻ってくる。

「誤解なさっているようですが、加島さんは決して不真面目なヘルパーではありません」

「たしかに普段のお仕事は真面目だったと倉橋さんも仰っている。けれど、何度かお客の財布からお金をくすねた疑いもあったと聞いてます」

「それはだいぶ前の話です」

「改心したと？」

「ヘルパーも人間です。成長もするし、裏も表もあります」

「お客も、でしょうな」

栗原は口を結ぶ。子供の使いではないのだから、そろそろ核心に迫らねばならない。

「多賀さんの担当はあなただったそうですね」

答えないが、事実なのだから認めないわけにはいくまい。

「どんなお客でしたか」

「別に、普通です。お身体は不自由でしたが我がままを言うでもなく、いたって大人しい方です」

多賀の要望の第一は散歩の付き添いだった。自宅の側にある緑地公園を一周歩き、あとはこまごまとした雑用をすればよいだけだった。

「ご家族もおられず、意思の疎通が難しいこともありましたけど、多賀様はとても頭の良い方です。ご自分のできる範囲で、私たちにわかるように希望を伝えておられました」

杖を使うなどして、食事や掃除、洗濯などを指示していたそうだ。

「寝たきりや認知症というのとは違いますから、基本的にはご自分で全部できます。私たちを呼んでいたのはきっと、人恋しさからではないかと思います」

少しばかり、栗原の言葉に私情が含まれ始めた。

「しばらくは栗原さんがお世話をしていたんですね？」

「ええ。私が担当になったのはたまたまで、特に気に入られたわけでもないと思いますけど」

当初多賀は、ちゃんと前日に予約のメールを送ってきていた。決まって月曜日だったという。しかし半年ほどして、そのメールが前日から当日に変わった。

「曜日が不規則になったのもその頃だったはずです。担当は私でしたが、必ずしも予定が合うわけではないので、他の者が出向くことも多くなりました」

別に栗原が嫌になったというふうでもなく、彼女が訪れてもこれまで通り散歩に出かけ、自宅であれこれ雑用を任された。

「もしかしたら、いろんな刺激を欲していらしたのかもしれません」

曜日をずらし、当日の飛び込みにすればやって来る者も毎回替わる。

「刺激と言うなら、散歩もそうなのでしょうな。多賀さんはお一人でお出かけになる

ことも あったのでしょうか」

「近所の病院には通っておられたようですが、詳しくは知りません。ただ、あのお身体ですから回数は多くなかったはずです」

生活圏は限りなく狭かったのだ。

「加島さんが多賀さんに付いたのは、あの日が二度目だったそうです」

栗原は答えなかった。答えようがないのだろう。

「不思議なのは――」番場は腕を組み首を捻ってみせる。「なぜ二人が庵仁駅にいたのか、なんです」

多賀がヘルパーを呼ぶ主な目的は散歩だ。自宅から近い公園を一周するだけ。なのになぜ、あの日に限って加島と二人、出勤ラッシュもさめやらぬ庵仁駅に足を向けたのか。

「心当たりはありませんか?」

「ありません」栗原は即答した。

4

多賀林蔵の聴取は相当難しい様子だった。葛井班の中堅捜査員、高科浩司《たかしなこうじ》が嘆く。

「ありゃ、駄目だ」

「駄目って、どういうこと？」

　部下のぞんざいな口調を気にするふうでもなく葛井が質した。

　押しの強さと、周到に相手を追い詰める手腕は番場も一目置いている。そんな高科がギブアップの格好をして答えた。

「どうにもこうにも、ですよ。喋れない、書けないとくる。バンさんのアドバイスでワープロを持参したんですけど、結局、キーボードも叩いちゃくれなかった。タッチパネルにしたらよかったですかね？」

　投げやりに肩をすくめる。『ライフパートナー庵仁』の倉橋からの聞き取りを終えた番場は、多賀がメールで介護の依頼をしていたことを高科に伝えた。仲間の情報に適切な対応をしたまではよかったが、肝心の老人が反応しないのではどうしようもない。

「相手があの年齢じゃあ、こっちも強くは出られませんよ」

　少なくとも船越でどうにかなる相手ではなさそうだ。

「まあ、もういいんじゃないですかね」

　刑事として言ってはいけない台詞を、高科は簡単に吐き出すところがあった。能力はあるのにこの歳までヒラ捜査官に甘んじている所以《ゆえん》だ。

案の定、正義の男が食いついた。

「事故で終わらせちまえって言うんですか？」

問い詰める船越に、高科の浅黒い精悍《せいかん》な顔が向く。

「他殺だって証拠でもあるのかい、少年」

本人が嫌う愛称に皮肉が滲んでいた。

当然そんなものはない。けれど船越の目は、高科を熱く睨んで離さない。

「まあ、まあ。もう少しだけ、やってみようや。バンちゃんが気にしてる件もあるしさ」

葛井が言うのは、「なぜ加島と多賀が庵仁駅にいたのか」という番場の疑問である。ここにきれいな説明がつけば、事故でもかまわないと番場は思っている。

「あーあ。どっかで連続殺人でも起こらんかね」

そしたらこんなつまらん仕事から解放されるのに――散会と同時に高科は、またもや言ってはならない台詞を声に出してぼやいた。

「あの人とは組めません」

馴染《なじ》みの居酒屋で船越は憤懣《ふんまん》を吐き出した。

庵仁町のメインストリートからワンブロック外れた裏通りに軒を構えるこの店は、

県警本部庁舎からほど良い距離にある。おかげで同僚と鉢合わせることが少ないし、何より自宅に近いのがありがたい。カウンターの向かい合わせに個室が三つ、奥にテーブルが三つ。奥側の個室が番場の指定席だ。大将は二人の顔を見るなりビールとウーロン茶を用意してくれる。番場の相棒が下戸なことも、しっかり心得ているのだ。

午前零時に迫った時刻、平日の夜に客は番場たちだけだった。

「だが、優秀は優秀だ」お通しのタコわさをつまみながら番場は宥《なだ》める。

「検挙率の高さだけが俺たちの評価ではないでしょう?」

「めったなことを言うなよ。検挙率なんてどうでもいいと考えてるなんて思われたら交番に飛ばされるぞ」

冗談半分の脅し文句に船越は黙った。やけ酒を呷《あお》るようにジョッキを傾ける。中身はウーロン茶なのだが。

「あいつの言い分もわからなくはない。もしもこれが事件なら、被疑者は多賀だ。高齢の、障碍も抱えた老人だぞ。慎重にならないようじゃセンスがない」

「慎重でなく、怠慢でしょう?」

口だけは達者だ。この能力をなぜ聴取にいかせないのかと番場は思うが、説教は控えた。船越が荒れ気味なのは高科に対する敵愾心《てきがいしん》よりも、不甲斐ない自身への苛立ちであることくらい察してやらねば可哀想だ。

「だが、多賀に加島をやる理由があるか？」

番場の問いに船越は黙りこくる。こいつの悪いところは、自分が不利な時に誤魔化しがきかないことだ。だがそれも言わない。船越の真っ直ぐさを挫《くじ》いてしまうのを、躊躇している自分がいる。

「多賀がどこかへ行こうとしていたのか、加島が多賀を連れ出したのか。番場さん、どっちだと思います？」

ルーキーなりに考えてはいるのだ。それも決して的外れな着想ではない。

「二人は庵仁駅の東西線乗り場に向かっていました。加島の持っていた切符は二枚。値段は三百八十円です」

自分の分と多賀の分だ。重要なのは、初乗り区間の乗車券でなく、それよりも高い切符を買っていた点だ。ただ電車に乗って時間を潰すなら初乗り区間の乗車券でいい。目的地があったのだ。

「東西線で庵仁駅から三百八十円の駅は六つあります。西に三つ、東に三つ。このどれかに、二人は行こうとしていたと考えられます」

「別々の駅で降りるつもりだったとは思えないからな」

ホッケの焼き物が届いた。一緒に置かれる唐揚げの皿は若い船越の夕食だ。

「もしも多賀が、加島を殺害する計画を立てていたとしたら、どうでしょう」

「加島にどこそこ駅に連れていってくれと頼んだわけか」

言語障碍で意思の疎通が困難な多賀だが、頑張ればキーボードを打つことはできる。方法はあっただろう。

「逆の場合はどうだ？　加島が多賀を連れ出し、その途中で多賀の反抗にあった」

「加島が何か、よからぬことを企んでいたというケースですね？」

別に船越は、頭が悪いわけではない。

「それはちょっと難しい気がします。加島が多賀に付いたのは偶然じゃないですか。計画できたとすれば多賀の方です」

「多賀が決まった曜日だったのを不規則にして、当日に依頼をするようになったのは、加島を探していたから、ということだな」

船越は力強く頷いた。最初に加島が多賀に付いたのは半年前。担当の栗原が急用で休んだおり、代役で月曜日の朝、多賀宅に向かった。そしてその直後から、多賀は曜日を不定期に、依頼を当日に変えたのだ。

「多賀は、加島に対して恨みを抱いていたんじゃないでしょうか」

動機が浮き彫りになれば、加島の死は一気に事件の色が濃くなる。しかしそれを探り当てるのはホネだ。少なくとも、上層部はそう考えているだろう。

「お前、やけに熱心だな」

「そうですか？」

「被害者は盗み癖を持ち職場でも疎まれる男で、被疑者はかよわい老人だ。事故でい い。そう思う気持ちがあって不思議はない」

「俺だって反省したんです」

つい先月、似たような事件に当たった。被害者はノミ屋のろくでなし。自殺も濃厚な状況で、船越は捜査に身が入っていなかったと番場に明かしていた。船越にとっては自分の心構えが、彼の信じる「正義」とやらに反するものだったのだろう。

番場が失ったものを、船越は持っている。

今回、事件に身が入っていないのは番場のほうだった。

5

多賀林蔵には子供がおらず、伴侶もとっくの昔に死別していた。ようやく見つけた兄は多賀以上に衰弱していて、話を聞ける状態ではない。そんな男の人となりがわかったのは幸運だった。

名乗り出てくれたのは大前康広《おおまえやすひろ》という、家電メーカーの設計技師として二十年以上多賀の下で働いていた老人だった。上品なベッドタウンとして知られる阿多留《あたる》市で息子夫婦と暮らす男が、わざわざ車を走らせ庵仁署に足を運んでくれたのにはわけがあった。

「多賀さんは厳しい人でした。小さなミスでも容赦なく叱責されてね。怒鳴るんじゃなく、ネチネチと文句を言う叱り方だったなあ。それで配置替えを希望する人も多かったですけど、私はわりと平気だったので長く続いたんでしょう。とにかくべたべたした人間関係を嫌う人でした」

退職後の多賀のことを、大前は何も知らなかった。引っ越した現在の住まいも教えられていなかったらしい。

「たしかに、ちょっと情に薄いところがあったかもしれません。私も初めは偏屈で融通のきかない人だと思っていたんです。けど、実は不器用なだけなんじゃないかと考え直しましてね」

きっかけは多賀の連れ添った細君が亡くなった火事だった。

「今思い出しても胸が痛くなります。葬儀やら何やらが終わって、多賀さんはすぐ仕事に復帰されたんです。さすがに早すぎると思いましたよ。プライベートは存じ上げなかったが、奥さんとあまり上手くいってなかったのかなとすら思いました。でも、『この度はご愁傷さまで』と話しかけた私に、彼はたった一言、『勘弁してくれ』って顔を背けて。その表情というか、響きというか……奥さんの話は、もうできなかったですね」

潤んだ目をこする。上司と違い多賀の元部下は人情家のようだ。

「私ももう余生の身ですから、死ぬまでに一度は多賀さんにご挨拶したいと思っていたんです」

その気持ちはわかるが、しかしなぜ警察を訪ねてきたのかはわからない。加島の死は地元のローカルニュースにすぎず、まして多賀林蔵にいたっては、名前も顔も報じられていないのに。

「加島和敏ですよ」

新聞の隅で目にした加島の名に反応し、もしやと連絡を寄越したのだという。

「多賀さんにとって、彼は忘れられない男なんです」

それから大前は、その理由を話し始めた。

二十五年も前の冬――。父親から譲り受けた古本屋で店番をしていた多賀の妻は、火事に見舞われ死亡した。火元はレジカウンターの下に置いてあったストーブと思われ、火は古本から古本に燃え移り、瞬く間に店内と二階の自宅を焼いた。幸い店に隣家はなく、延焼はなかったが、職場から多賀が飛んで帰ってきた時、すでに消防が家屋を囲み、近づくこともできない状況だったという。焼け跡から細君は黒焦げで発見された。

ここまではたんなる不幸な出来事だった。だが、加島和敏の存在で状況が変わった。駆けつけた消防によって当時十歳の少年が、本屋の二階、多賀の自宅ベランダから保護されたのだ。

番場と船越は、かつて古本屋があった場所へと出向いた。庵仁駅から東西線で十駅ほど西にいった弥園市の、民家や商店が並ぶその場所は加島の生家からも近い。

問題の店は跡形もなく、今は駐車場になっていた。

「最近はそれなりに建物も増えましたが、当時ここら辺はもっとさびれた感じでしてね」

愛想よく説明するのは、火事の捜査に携わった所轄署のベテラン刑事だ。

「ここの古本屋も、商売っ気なんてなかったんです。子供たちを相手に趣味でやってるみたいなもんで」

多賀の妻の父親は土地持ちで、古本屋は道楽だった。娘にいたっては本が好きなわけでもなく、ほとんど暇潰しだった。

「あの奥さんは子供好きでね。難しい本は全部売り払って、漫画ばっかり並べてたんです」

自身は子宝に恵まれなかった多賀の妻は、学校帰りの子供たちを歓迎していたという。

「事件の後、売りに出されたんです。あの火災で旦那さんは憔悴《しょうすい》しちゃって。あと五年もすれば夫婦水入らずの生活だったんだから無理もないでしょう。噂じゃあ、奥さん名義の他の土地も全部整理して、世捨て人みたいな生活を始めたって話です」

焼け落ちた自宅を諦めた多賀は、退職するまでアパートで暮らし、定年になった年に現住所に引っ越している。

「火災があったのは月曜日で、時刻は午前九時頃。開店は十時が常で、シャッターも半分以上閉まっていた。開店の準備中だったんでしょう」

「でも、少年が中にいたのでは？」

慌てたように船越が尋ねた。

「まあ、子供なら楽に入れますから」

「過失や放火の疑いはなかったんですか？」

「保護された少年ですね」

船越の疑問に、老刑事が頷きながら答えた。「私たちも当時、可能性は疑いました。問題の少年は万引きの常習ってこともあって、怪しいと言えなくもなかった。けど、証拠は何もありませんでした。旦那さんのほうも早く済ましたいと仰ってた。それに少年は、あの店では悪さをしてなかったそうですしね」

学校をサボってふらふらしていた加島少年は、シャッターの隙間に気づいて店の中に入った。漫画本を立ち読みしていたところ、突然の出火に慌てて二階へ逃げたのだと証言した。

「常連だった別の子供たちによれば、問題の少年と奥さんはとても仲が良かったそうです。まあ、真相はわかりませんが、仮に他愛ないイタズラが原因だったのだとしても、そこを深く追及するのは……ね」

「しかし――」

食ってかかろうとする船越の肩に手を置く。ここで老刑事に正論を説いても仕方ない。

「自殺という説もありましたしね」

ぽつり、ともれた言葉に反応したのは番場だった。

「予兆でもあったんですか？」

「少年が店に入った時、奥さんはレジに座って寝てたそうなんです。それで気兼ねなく立ち読みできたんだとか。しかし朝ですよ？　それもシャッターを開けて、開店の準備をしていたはずなんです」

もしかすると睡眠薬を飲んでいたのではないか。ストーブに細工は？　どちらも、確たる証拠は見つからなかった。

「やっぱり子供が欲しかった。奥さんは顔見知りにそんなことを繰り返しぼやいていたそうです」

「子供ができなかったのは、お身体の具合か何かだったんですか」

首を横に振り、これも噂ですが——と断ってから刑事が囁く。「旦那さんが、子供は嫌いだと」

いかにも多賀が言いそうだと番場は思った。

「最後に一つ」と、老刑事を見つめる。「本屋の間取りを覚えていますか?」

はあ、と怪訝そうな顔をしながら答えてくれた。

「入り口の手前に商品棚が並んでいて、奥にレジカウンターですね。更にその奥に台所と、二階の自宅につながる階段がありました。遺体はレジカウンターの辺りに」

「動機が見つかりましたね」

所轄の刑事と別れた帰り道、船越は我が意を得たりと断言した。

「多賀は二十五年前の火事が加島の仕業だと、ずっと疑っていたんです。偶然の再会で疑惑が膨らみ、そして彼を殺してしまおうと考えた」

のんびりとした町並みに不釣り合いな推理に問い返す。

「衝動的にか?」

「問い詰めたくても多賀は言語障碍で喋れません。一方的に、多賀が加島に殺意を抱いたんじゃないでしょうか」

「すると――」番場は気乗りしないまま言葉を継ぐ。「多賀が加島を階段から突き落としたわけだな。あんな大男を、身体の不自由な老人が、どうやって突き落とせたんだ？」

「隙をつけばどうにでもなるんじゃないですか？」

「もう一つ。駅にいたのはなぜだ？」

「なぜって……」船越が言いよどんだ。

「もしも多賀が加島を殺そうとしたのだとして、もっと楽な方法はあったと思うんだがな。たとえばお茶に毒物を混入するでもいい。そのほうが確実だ」

「加島の不注意による事故と見せかけるためでは？」

「階段から転げ落ちたくらいで人は簡単に死なない。加島が無事だったらアウトだ」

反論がなくなった。やはりまだまだ、船越は少年だ。

「番場さんは、たんなる事故だって思ってるんですか？」

「さあな」と番場は呟く。「変な現場だ」

6

番場が調べたところによると、妊娠のストレスは身体の変化が顕著な初期がもっとも重く、六ヵ月を越えると安定期に入り落ち着くのだという。もちろん個人差はあって、ホルモンバランスの崩れが味覚や嗅覚に変化をもたらすこともあるらしく、一概に言えるものではない。

重要なのは精神的な安定である——と本には書いてあった。授かった命を産みたいと迷わず思えるような環境でなければ、中には恐怖すら覚える妊婦もいるのだと。周囲の歓迎、経済的余裕、パートナーへの信頼……様々な要素が挙げられていた。

コヨリは初期の頃からつわりも軽く、比較的妊娠を楽しんでいるふうだった。番場はその姿に心から安堵していた。

それが八ヵ月目に入った今月から様子が変わってきた。

「ただいま」

自宅マンションには人の気配がなかった。明かりはついているが、どこか暗さが漂っている。リビングへ向かう道すがら、所々にゴミが落ちているのが目に入った。それを拾い集めながら突き当たりのドアを開ける。

ココリはソファに座っていた。暇さえあれば本を読んでいた彼女が、今夜はただぼうっと座り、深夜のニュース番組を眺めている。足もとに、食べかけのスナック菓子が置き捨ててある。リビングとつながったキッチンテーブルの上で、半分以上残ったゼリーがほったらかしになっている。

「飯は食べたのか？」

「気持ち悪い」ココリはこちらを見もせず口を開く。

「大丈夫か？　病院に行ったほうがいいんじゃないか」

「このくらいでいちいち病院に行くなら、入院しなきゃだよ」

明るさの欠片もない声だった。両手がだらしなく放り投げられている。

「粥《かゆ》でも作るか」

「いらない。お風呂入ってきなよ」

突き放すような言い草に、番場は立ちすくんでしまう。

最近はこういうことが多い。加島が死んだ朝も、塞ぎ込んで喋らなくなったココリの側を離れられなくなった。現場が近かったこともあり、葛井からの出動命令で渋々家を出たのだ。

ココリとは二年ほど前に結婚した。番場は初婚で、妊婦の妻とどのように接していいのかわかるはずもなかった。身体に問題がないのなら、ココリが塞ぎ込む理由はメンタルとしか思えない。

いくつかの事情で、ココヨリの面倒を見てくれる者はいなかった。両親や兄弟を頼ることができず、側にいるのは五十を越えた初老の旦那で、しかも刑事という仕事ゆえ不規則な生活が当たり前という体たらくなのだ。

「足が汚くていやんなる」ココヨリがパタパタと宙を蹴る。

「そうか？　俺には全然、可愛い足だ」

「ネイルも取れてるし。げんなり」

「塗ったらいいじゃないか。得意だろ」

「トシオくん、このお腹でどうやって足に手を伸ばすのさ」

番場は言葉を失ってしまう。こんな時、船越なら気の利いたことを言えるのだろうか。

「ねえ」とココヨリが言う。「ここに座って」

言われるまま、番場はココヨリの前に正座した。真っ直ぐ、妻を見つめた。テレビから混戦のペナントレースにはしゃぐ声がしていた。

「蹴ってもいい？」

そう、ココヨリが尋ねてきた。

「ああ」と番場は頷いた。

ココリは番場の膝を足の裏で蹴った。何度も何度も、繰り返して、そのうち力が強くなってきた。番場は黙って、気の済むまで、それを受け入れた。

やがてココリは、ささやかな暴力を止め、今度は労《いた》わるように自分のお腹をさする。

「重いね」

胸が締めつけられるような気持ちになった。

「半分は、俺が持つ」

「八割くらい、持ってよ」

ようやく見えた笑みに、ああ、と番場は答える。

「お仕事は、どう？」

「大丈夫。大丈夫だ」

そう答えながら番場は立ち上がり、ココリの頭を撫でた。そして、加島和敏の事件に決着をつける気になった。

7

翌日、秋晴れの空の下、番場は船越に内緒で多賀のもとを訪れた。

多賀の住まいは庵仁町の隣町にこぢんまりと建っていた。こぢんまりとはしているが、庭付きの一戸建てに相応の金がかかっていることは一目でわかった。

チャイムを押し、玄関で数分待った。もう一度チャイムを鳴らし、さらにもう数分、ようやく顔を出した多賀に目礼してから、「中に入れてもらえませんか?」と番場は言った。

「加島和敏の、転落死の真相を確認したいんです」

多賀の目が少しだけ泳いだように見えた。

家の中もこぢんまりとしていた。牛の歩みのような多賀について、応接間へ向かう。

「お茶は結構です。すぐに退散しますので」

向かい合った多賀は、部屋の中でも杖をついていた。ピンと張った背筋も直線だ。

「今から、私が考えた事件のすべてをお話しします。間違いがあれば、そうですね、その杖を右に傾けてもらえればいい」

多賀は反応しない。番場は気にせず続ける。

「一番初めからいきましょう。あなたが、半年前に加島さんに再会した時から」

栗原直子の欠勤による代役として、加島は多賀のもとを訪れた。

「あなたはきっと、やって来たのが二十五年前の彼だということに気づきはしなかったでしょう」

しかし、その名前には憶えがあった。

「引っ掛かりを感じたあなたは、もう一度加島さんに当たるようヘルパーの曜日を変え、依頼を当日にするようになった。そして先日、ようやく加島さんと二度目の再会を果たした」

誤算だったのは——。

「加島さんはとっくに、あなたが火事で死んだおカミさんの亭主だと気づいていた点です」

——あいつは多賀様に付かせて欲しそうでしたけどね。

「事件当日、あなたと加島さんとの間でどのようなやり取りがあったかはわかりません。けれど、あなたに加島さんを殺す必要が生じたことは間違いない」

多賀は微動だにしない。

「庵仁駅に向かい、あなたは加島さんを階段から突き落とした。使ったのは杖でしょう。あなたは杖を手放し、加島さんはそれに思わず手を伸ばした。前のめりになった彼を押すのに、大した力は必要なかったはずです」

転がり落ちた加島は、そのまま息絶えてしまう。

「運よく、加島さんは死にました。だが、ずいぶん確率の低い殺害方法です。頭のいいあなたが選ぶにはいささか頼りない。なぜこんな方法を使わざるを得なかったのか。それはタイムリミットが迫っていたからです。庵仁駅で電車に乗ってしまったら、もうチャンスはなかった」

そう――。

「あの駅に向かったのは、加島さんの意志だったんです」

ここで、ようやく多賀の口がわずかに開いた。何か反論をしたいのかもしれないが、残念ながらそれは言葉にならない。

「なぜ、加島さんがあなたを庵仁駅に連れていったのか。駅からどこへ行こうとしていたのか。これを説明するには二十五年前の事件を紐解《ひもと》かなくてはなりません」

番場は淡々と、ルートに沿って説明を続ける。

「あなたの奥様が亡くなった、あの火事です。事故として処理されたあの火事には、おかしな点があります。開店前の午前九時頃、少しだけ開いたシャッターの前に通りかかった加島少年が店に入ります。その後、ストーブから火が出て、彼は逃げようと二階の住居に向かったと証言している。ここがおかしい。加島さんが店で漫画本を立ち読みしていたなら、彼は店の外に逃げれば良かったはずだ。ストーブはレジカウンターに座った奥さんの足もとにあった。火が出ていたなら、加島さんはその炎を飛び越えて二階に上がったことになってしまいます。いくら子供でも、子供であればこそ、とにかく逃げ出すことを考えそうなものなのに、加島さんは二階から救出されている。なぜ、そんな状況が生まれたのでしょう」

一呼吸、間をあけてから番場は言った。

「答えは、加島さんが店に入った時、すでに奥さんは死んでいたからです」

ぱくぱく、と多賀の唇が上下する。番場は無視した。

「レジカウンターに座って動かない奥さんを見た加島さんは、彼女が居眠りしていると勘違いした。そして家の中に、盗みに入った」

直後、ストーブの火が古本に移り、燃え上がる。

「あなたが、奥さんを殺したんですね？」

多賀の持つ杖は、右に傾かない。

「今となっては確かめようもないが、おそらくは一酸化炭素中毒の症状に似せた殺し方ではなかったかと想像します。ストーブに細工をしたのもあなたでしょう。家電メーカーで設計技師をしていたあなたなら、簡単な時限発火装置を作るのはわけがなかった。あるいは奥さんの服に、灯油でも沁《し》みこませておきましたか？」

早朝に妻を殺し、仕掛けを施した多賀は何食わぬ顔で出勤した。シャッターを少しだけ開けておいたのは、レジカウンターに妻が座っている状況をそれらしく見せるためだ。

妻には親から継いだ資産があり、通常なら多賀が疑われても不思議はない。ところが偶然紛れ込んだ加島少年の存在が、捜査員たちの目を逸らす一因となってしまう。

「加島さんは先日、あなたをあの場所に連れていこうとしたんだ。庵仁駅から三百八十円で行ける、弥園市の駅に」

しかし多賀は、そこに行きたいと思わなかった。行けば、自分の罪が暴かれると恐れた。

正直なところ――と、番場は砕けた調子で語りかける。

「私はあなたに対して、何も感じるところがなかったんです。加島さんは盗み癖を持つ、問題のある男だ。もしも私の身体や頭がバカになって、ヘルパーが必要になった時、あんな男をあてがわれたんじゃたまらない。私自身はともかく、嫁に迷惑がかかるのは我慢なりません。だから、あなたが加島さんを殺したんだとしても、それはそれで良いとさえ思っていた。どうせあなたは、別の誰かを殺すこともできないだろうし」

でもね――。

「考え直しました。どんな理由であれ、自分の嫁さんを殺してしまおうなんて野郎を許せるほど、私はお人好しじゃないんです」

多賀は何かを言おうとしている。それを冷ややかに見つめ、番場は言った。

「多賀さん、無理をなさらなくて結構です。私は別に、あなたの言葉を聞きたいとは思いません」

8

自宅までの道すがら、老いについて考えた。

二十五年前の殺人事件を今さら暴かれたところで、多賀にどれほどの実害があっただろう。証拠だって、もはや失われているのだ。

それでも多賀は加島を殺した。明確な殺意かどうかはわからないが、かつての罪に慄《おのの》き、おそらくは錯乱し、咄嗟に閃いた計略を実行した。

過去の罪を清算し人生をやり直すには時が足らず、余生を諦めるには未練が勝った。それで罪を重ねたのなら、憐れを通り越して滑稽《こっけい》ですらある。

多賀の無様は、いつかの自分の無様かもしれないと番場は思う。

一つだけ、わからないことがあった。

なぜ、加島は多賀の手放した杖を握ったのか。

もしも彼が多賀を殺人犯だと見抜き、たとえば恐喝目的で連れ出したのだとして、多賀の手放した杖を握る必要はあっただろうか。あの杖は多賀にとって、命を支えるものだった。反射的に、加島はそれを握ってしまったのか？

そもそも二十五年も前の火事が、多賀の仕組んだ殺人だと加島に見抜くことができただろうか。

見抜けたのだとして、なぜ偶然に期待した？　なぜたまたま多賀に当たるのを待ち続けたのだ？　加島は多賀の住所を知っていたはずだ。恐喝なら、さっさと出向けばいい。

――人間は成長もするし、裏も表もあります。

栗原直子はそんなふうに加島を評した。

もしかしたら加島は――多賀を二十五年前の現場に連れ出し、謝ろうとしていたのではないか。奥さんが眠っていると思い込み、盗みのために二階に上がったことを。そのせいで出火から彼女を助けられなかったことを。

「ただいま」

予想通り、返事はなかった。

わずかにもれる明かりを頼りに暗い廊下を進む。リビングに入るとソファでコヨリが眠っていた。テレビの消えた室内は静かだった。

大きなお腹が、寝息に合わせて上下している。

多賀が自分の妻を殺した理由は遺産のためだったのか、もしくはもっと、夫婦にしかわからない諍いのためなのか。

知ったことか、と番場は思う。

番場は自分の推理を多賀以外の誰にも話さないと決めていた。話したところで、多賀は逮捕されないだろう。他殺の物的証拠は一つもないのだ。ならば残りわずかな余生を、誰にもその胸の内を明かせぬまま過ごせばいい。いつか断罪にやって来る番場に脅えながら、遠くを見つめ続ければいい。船越には叱られるだろうが、番場からすればそれこそがふさわしい。

コヨリの部屋に向かう。化粧台を漁る。一式そろえてリビングに戻る。

二回りも離れた可愛い妻は安らかに眠っている。目が覚めた時、再び憂鬱が彼女を包むと思うとやるせない。偉そうに半分持つと言った自分の、老いていく身体が恨めしい。

――俺がいらなくなったら、迷わず見捨ててくれればいい。

番場はコヨリに近づいて、足もとに腰を下ろし、見様見真似でその足の指にマニキュアを塗り始めた。

飛び降りた男

黒川博行

黒川博行（くろかわ・ひろゆき）
一九四九年愛媛県生まれ。八四年『二度のお別れ』でデビュー。九六年「カウント・プラン」で日本推理作家協会賞、二〇一四年『破門』で直木賞を受賞。

眼が覚めた。背中が痛い。見ると、天井には小さなダウンライト。いつもと違う。ここはどこや――。ふとんをはねのけ、上体を起こす。左右は壁、足許《あしもと》には鉄扉があった。

何や、玄関か――。やっと気づいた。ここは我が家だ。また酔いつぶれて廊下で眠ってしまったらしい。ネクタイはそのまま、ズボンもはいたまま、薄いふとんにくるまっていたのは、デコがかけてくれたからだろう……と、そこまで考えて、腹が立ってきた。ふとんをかけるくらいなら、なぜこのおれを寝室へ連れて行かない、どうして服を脱がさない。

くそったれ、ひとつ舌うちをして、私は立ち上がった。ふらつく足で台所へ行き、冷蔵庫を開けて麦茶のボトルを取り出した。グラスに移すのも面倒なので、そのまま飲む。

「あがが」吐き出した。

こ、これは――。醤油《しょうゆ》だった。いや、正確には醤油を水で薄め、キリッと冷やしたニュータイプのスペシャルドリンクだった。

私は寝室に走った。

「こら、おまえ」

返事がない。明りをつけた。ベッドの中にデコはいない。

腕の時計を見た。午前五時、デコはもう福島の中央市場に着いているころだ。

彼女は大正区泉尾《いずお》の公設市場でおやじさんの塩干《えんかん》店を手伝っている。給料は手取りで十二万円。火木土はおやじさん、月水金はデコが軽四を運転して中央市場へ仕入れに行く。

「あほくさ」

私は服を脱ぎ散らし、ベッドにもぐり込んだ。デコの温《ぬく》もりが残っていた。

夕方、捜査本部に電話がかかってきた。

「やあ誠ちゃん、何してんの」デコだった。

「仕事や、仕事。決まっとるやろ」小声でいう。

「うち、今どこにいると思う」

「知らん。どこや」

「南署の真ん前」

「そんなとこで何しとる」

「いっしょにお茶でも飲もうと思て寄ったんやないの。すぐに出て来なさい」

「けど、おれ、勤務中や」

私は大阪府警捜査一課深町《ふかまち》班に属している。半月前、ミナミのスナックでケンカ殺人があり、犯人は逃走。それを、一週間後、立ちまわり先の建設会社で逮捕した。今、深町班はその裏付け捜査をしている。

「こら、誠一《せいいち》」

デコの口調が変わった。「仕事とうちのどっちが大事や」

「分った。了解、至急参ります」

その言葉だけを声高にいって、私は席を離れた。班長の深町がちらっとこちらを見たが、知らん顔をした。

デコはほんとに署の真ん前にいた。横腹に岩朝《いわさ》塩干店と書いた軽四デリバリーバンの運転席から身を乗り出して、

「誠ちゃん、ここや」

と、大きく手を振る。私は頰のあたりが熱くなる。

「あほ、恥ずかしいやろ」

「どこが恥ずかしいの。清く明るい男女交際やないの」

「おれにも体裁というもんがあるんや」

助手席のドアを開けて乗り込んだ。塩干物特有の生ぐさいにおいがする。この車は買ってまだ二年めだが、塩のために荷室のデッキは錆《さび》でボロボロ、あと一年もすれば底が抜ける。

「さ、誘拐成功。出発進行や」デコがいう。

私はあわててシフトレバーを押さえ、

「おれ、仕事が……」

「男のくせに、やいやいいわんとき。そこの喫茶店でコーヒー飲むだけや」

デコはクラッチをつないだ。

コーヒー専門店『カムヒア』、窓際の席に坐《すわ》った。私はキリマンジャロ、デコはモカを注文した。

「しかし、珍しいこともあるもんやな。こんな時間にデコがおれに会いに来るやて」

「うち、誠ちゃんに惚《ほ》れてるんや」

そういわれてわるい気はしない。しないが……、

「デコ、おまえ、おれに聞きたいことあるんと違うか」

「聞きたいこと？」

「おれ、今日の明け方な、廊下で眼を覚ましたんや。ほんで、喉《のど》が渇くし……」

デコが身を乗り出してきた。ふん、ふん、と眼を輝かせてあいづちをうつ。こやつ、私が醬油を飲んだかどうかを聞きたいのだ。あのちょっとしたいたずらの結果を聞くためにわざわざ南署まで来た。デコならそれくらいのことはやりかねない。

「おれ、台所へ行って冷蔵庫を開けた」

「そ、それで、どないしたん」

「牛乳飲んで、寝た」

カクンとデコの首が折れ、失望の色が走る。そうそう思いどおりになってたまるか。キリマンジャロとモカが来た。ブラックで飲む。酸味が足りない。

砂糖を少し入れ、ミルクを落とした時、

「あ、辰子《たつこ》さん、ここやで」

デコが入口の方に向かって呼びかけた。驚いて振りかえる。そこには小柄な中年の女性がいて、我々に頭を下げていた。

おばさんはデコの隣に腰を下ろした。デコは横を向いて、

「酒井《さかい》辰子さん」私を手で示して、「こちら、主人です」

私は目礼して、

「吉永《よしなが》誠一です。うちの照子《てるこ》がお世話になってます」

どういう関係のおばさんかは知らないが、とりあえずそういった。

「辰子さんはね、酒井材木店の奥さんなんよ」

酒井、酒井材木店――。何度か口の中でくりかえして思い出した。酒井材木店は泉尾のバス通りから一筋西に入ったところにあるけっこう大きな店で、四階建のビルをかまえている。確か、右隣が木材置場と加工場で、敷地は約百五十坪、十人近くの従業員を使っているのではないだろうか。

酒井材木店は泉尾公設市場のすぐ眼と鼻の先だから、酒井辰子は岩朝塩干店の大事なお得意様ということになるのだろう。

「ね、聞いて、誠ちゃん」

デコはカップを置いた。「今朝の三時ごろ、辰子さんの家に救急車が来たんや」

「へえ、そらまた何でや」別に興味はないが、訊《き》いてみた。

「あとは本人から話してもらうし、聞いてあげて」デコは辰子をうながす。

「このたびは勝手なお願いを申しまして、どうもすみません」

酒井辰子は膝《ひざ》に両手を揃えて深く頭を下げた。年は五十前後、髪に白いものが目立つ。

勝手なお願い、という言葉がひっかかった。デコがまた良からぬおせっかいをやいたらしい。

「実は、救急車の厄介になりましたのはうちの息子なんです」

「はあ……」

「保彦《やすひこ》いうて、予備校に通うてるんですけど、今日の明け方三時ごろ、下の部屋から大きな大きな音楽が聞こえて——」

辰子は眼を覚ました。夫の宗一郎《そういちろう》はいびきをかいている。

辰子はガウンをはおって寝室を出た。階段を下りると、廊下の突きあたり、保彦の部屋の前に清子《きよこ》がいた。清子も音で眼を覚ましたらしい。パジャマの前をかきあわせ、寒そうに背中を丸めている。

「この音、なに」清子に訊いた。

「ステレオや。あの子、いったい何考えてんねやろ」

ベースの重低音でドアがビリビリ震えている。近所に迷惑だ。

辰子はドアを叩《たた》いた。返事がない。ノブをまわしてみるが、動かない。

「お父さん呼んで来るわ」清子は階段を駆け上って行った。

宗一郎が降りて来た。ドアを蹴《け》る。開いた。明りをつける。

保彦はベッドの向こう、ステレオの脇に倒れていた。俯《うつぶ》せで頭が朱に染まっている。壁際のスチール棚のまわりには無数の硬貨と緑のガラス片。辰子はひと眼見て、棚の上に置いたボトルが保彦の頭に落ちたと判断した。――ボトルは高さ三十センチ、直径二十センチくらいの大きなガラス瓶で、口のところに把手《とって》がついている。容量は三リットル、清涼飲料水の原液を入れる容器らしい。これに、保彦は十円玉や百円玉をほぼいっぱいに詰めていた。

辰子は一度、落ちたら危ないから押入にでも入れておきなさいと、保彦に注意したことがあった――。

保彦は助けを呼ぼうとしてステレオのボリュームを上げたのだ。

「救急車や、救急車」

宗一郎がいい、清子は部屋を走り出て行った。

辰子は保彦の肩を抱いた。保彦はただ呻《うめ》くばかりだった。

「それで、ケガはどの程度やったんです」私は辰子に訊いた。

「頭の傷は十五針縫いました。骨に異常はありません」

「意識は」

「朦朧《もうろう》としてて、何を訊いても、アーとかウーとかいうだけです。CT検査をしたら、脳内出血はないみたいです」

「保彦君、今は病院で？」

「はい、寝てます。小林町の中山病院です」

大したケガやない。頭蓋《ずがい》骨折も脳内出血もなし、機嫌よう寝てるんやったらそれでええやないか。何でこのおれにいちいち報告せんならんのや——。思いつつも、私は、

「それで、ぼくに相談ごとでも？」

と、小さく訊いた。辰子はこくりとうなずいて、

「実は、今日の午後、警察の人が来たんです」

「警察？」

「私、病院から家に帰って、保彦の部屋の掃除をしてました。と、そこへ大正署から矢崎《やざき》いう刑事さんが来て、現場を見せてもらえませんかと、そういうんです。私、現場という言い方が気にかかったけど、とにかく、矢崎さんを部屋に案内したんです」

「それで」

「矢崎さん、スチール棚のあたりを穴のあくほど丁寧に調べるんです」

「硬貨や瓶のかけらは」

「その時は、掃除はほとんど終ってました。散らばったお金は拾い集めて段ボール箱に入れてあったし、ガラスはごみ袋に入れて捨てたあとでした」

「血は」

「ポツポツと、カーペットに染み込んでました。それをぞうきんで拭《ふ》いてた時に矢崎

さんが来たんです」

「ほいで、その刑事、何かいうてましたか」

「それが、妙なことばっかりいうんです。ご主人と息子さんの仲はどうやったとか、家庭内暴力みたいなもんはなかったかとか」

「そら、確かに妙ですな」

「吉永さん……」

辰子はこぶしを握りしめた。「矢崎さんは私らのこと疑うてるんです。口には出さんけど、保彦は主人に殴られたんやないかと疑うてるんです」

「ということは、親子ゲンカのあげくの過失致傷、あるいは、傷害……」

「そう。そう思てるに違いありません」

辰子の眼がうるんでいる。今にも涙があふれ出しそうだ。

「保彦君本人はどないいうてます、病院で」

「さっきもいうたように、意識が朦朧としてますから……」

「しばらくは詳しい事情を聞けんと、そういうことですな」

「誠ちゃん、辰子さんを助けてあげて」

デコが口をはさんだ。「ご近所のよしみやし、何とかしてあげて」

「けど、府警本部と所轄署では、管轄が違うしな……」

私は首筋をなでて、「ご主人はどんなふうにいうてはります」辰子に訊いた。

「今日は月曜日やから南港の貯木場へ行ってるし、刑事さんが来たことはまだ知りません。あの人、ただでさえ気が短いのに、自分が疑われてると知ったらどんなに怒ることやら。きっと大正署へどなり込みに行きます」

「あかん。そんなことしたらあきませんで。ヤブをつついてヘビを出すことになる」

困った。こういう相談ごとは困る。

「お願いします。吉永さんだけが頼りです」

辰子は頭を下げた。テーブルの上にぽとりと光るもの。

「分りました。いちおう、あたるだけはあたってみます」

そういわざるをえなかった。


南署からの帰途、私は大正署へ寄った。一階ロビー——警察用語で公廨《こうかい》という——の受付で、捜査三係の寺田稔《てらだみのる》を呼んでもらう。寺田は警察学校の同期生である。

待つこと三分、左の階段から寺田が下りて来た。私と同じ年だが、額はすっかり抜けあがって、かわいそうに外見は三十代後半。それでいまだに独身である。

「おう、久しぶりやな。本部のおまえが所轄に顔を出すやて、どういう風の吹きまわしや」

あたりをはばからぬ大声で寺田はいう。

「どうや、仕事は」挨拶《あいさつ》がわりに訊いた。

「けっこう忙しい。最近、侵入盗と下着盗が頻発して、あちこち駆けずりまわっとる」

三係は主に窃盗事件を扱う。

「それ、同一犯の仕業か」

「それやったら手間が省けてええんやけど、違うんや。同じ時間帯に、こっちは鶴町、あっちは千島町と、お互い仕事に精出しとる」

「どっちにしろ、手癖のわるいことには違いがないがな」

「ま、それもそや」

寺田はうなずき、「今日は何や。これか」

指を輪にして、口の前で傾ける。

「飲みに行くんはまた今度。ちょっと聞きたいことがあってな」

「何や」

「どうも、ここではな……」私は周囲を見まわす。

「そうか……」

寺田は察したらしく、「コーヒーでも飲むか」

私を誘って外へ出た。

横断歩道を渡り、角の喫茶店に入った。いちばん奥に席をとって、私はアメリカン、寺田はアイスコーヒーを注文した。

「で、話というのは何や」

たばこに火を点《つ》けて、寺田は訊く。私も一本吸いつけて、

「刑事課に矢崎いうのがいてるやろ」

「いてる。……一係や」

「どんな人や」

「どんなんて、もう五十近いベテランやし……。何でそんなこと訊くんや」

寺田の訝《いぶか》しげな顔。無理もない。私は寺田の方に上体を寄せて、

「今朝の三時ごろや。泉尾の酒井材木店いうとこで、予備校生がケガしたん、知ってるか」

「知らん」

「実はな――」

私は酒井辰子から聞いた話を詳しく伝えた。

「なるほどな。そいつは確かに困ったこっちゃ」聞き終えて、寺田は腕を組む。

「そやから、おれとしては、矢崎さんに会うべきかどうか迷うとるんや」

「微妙なとこやな。何の関係もない本部の探偵が自分の事件《ヤマ》に首を突っ込む。……矢崎さん、間違うても、おもしろい気分ではない」

そこが私の危惧《きぐ》するところだ。下手に接触して矢崎のメンツをつぶすようなことは絶対に避けねばならない。

「さて、どうしたもんかいな」

寺田は天井に眼を据えて思案していたが、「よっしゃ、わしがそれとなく聞いてみる。何で材木屋の一件を一係の矢崎さんが調べてるんか、何で傷害事件と考えてるんかをな」

「すまん。恩に着るわ」

「しかし、おまえも相変わらずやな。照ちゃんのいうことは何でも聞いてやる」

「おれ、あいつには頭が上がらんのや」

「カズノコやイクラにつられて結婚したんがわるい。動機が不純や」

「またそれをいう」

「自慢やないけど、このわしかてな……」

寺田はひとつ間をおいて、「毎日、うまい塩ジャケ食いたいわい」

翌日、寺田から電話があった。夜、家に来るという。私は食事の用意をして待っていると答えた。

午後八時、チャイムが鳴った。デコは玄関に走った。

すみませんね、うちの主人がややこしいことお願いして。いや、毎度のことですわ――。二人のやりとり。わるいのはいつも私だ。

寺田がダイニングに入って来た。テーブルの鉄板を見て、

「おっ、ステーキか」

「焼肉や」

「それでもええ。ビールがうまいやろ」寺田は私の隣に坐《すわ》った。

「どうやった、例の件」私は訊く。

「どないもこないも……。驚くなかれ、このわしも酒井材木店を担当することになったんや」

「何やて」

「きのういうたやろ。最近、署の管内で侵入盗と下着盗が頻発してると」

「ああ、聞いた」

「酒井保彦は、その侵入盗に殴られたんやないかというのが矢崎さんの意見なんや」

「要するに、居直り強盗か」

「そう。そういうこと」

「ほな、家庭内暴力や親子ゲンカを疑うてたわけやないんやな」

「矢崎さんがそれを訊《たず》ねたんは、念のためいうことや」

「しかし、もひとつぴんと来んな」

「ま、聞け」

酒井保彦のケガについて最初に疑問を持ったのは、彼の頭の傷を縫った中山病院の当直医だった。当直医は救急隊員から、頭に重たいガラス瓶が落ちたとの報告を受けていたのだが、保彦の受傷状況をみると、腑《ふ》におちない点がいくつかあった。

その第一は、頭皮にガラス片が刺さっていず、また、頭髪の中にもそれがなかったこと。

第二は、創傷の部位。保彦は頭頂部ではなく、後頭部に受傷していた。これは、上からモノが落ちて生じた傷にしては位置が不自然である。

そして第三の最も大きな疑問点。保彦の身体にはいくつかの外傷——右肩、及び左上腕部に皮下出血をともなう打撲傷。右腕の肘《ひじ》に擦過傷——があった。

午前九時、当直医は大正署に電話を入れ、刑事課長に、酒井保彦のケガの原因を調査するようにいった——。

「と、こういうわけや」寺田は考え考え、そう説明した。

「それで矢崎いう刑事さんが酒井さんとこへ行ったんやね」

と、デコ。鉄板の上に肉や野菜を並べている。寺田はモズクをひとすすりして、

「念のためいうとくけど、わしら、侵入盗の居直りだけを疑うてるわけやない。下着盗の線も捨ててへんのや」

「それ、どういうこっちゃ」私が訊いた。

「保彦には姉がおる。名前は清子いうて、年は二十三。北浜のＯＬや」

「知ってる。おふくろさんから聞いた」

「あの日、清子は裏庭にスリップを干してた」

「スリップにつられて下着泥は酒井の家に侵入と、そういうことか」

「裏庭は低いブロック塀と母屋の間にあるんや。清子と保彦の部屋は、その庭に面して二つ並んでる」

「下着泥、何で保彦の部屋に入った」

「現場見たら分るけど、清子の部屋のカーテンは青の無地。保彦の部屋はピンクのいちご模様や」

「そらまた、おもろいな」

「もっとおもろいのは、保彦の部屋の窓が十センチほど開いてたということや」

「えらい細かいことまで知ってるんやな」

「矢崎さん、保彦から話を聞いたんや」

「えっ、意識が戻ったんか」

「そう。ぽつりぽつり話しだしたそうや」

「保彦、どういうた」

「午前二時前や。ベッドで寝てたら、部屋の中でゴソゴソ音がする。誰や、何してる、と声かけた途端、大きな黒い影に馬乗りになられて首絞められた。保彦、必死でもがいたら、手が外れた。そこでベッドから飛び出して逃げようとしたんやけど、ひっつかまってドタバタするうちにガーンと一発きて気絶。気がついたら、体は鉛のように重いし、大きな声も出えへん。そこで何とかステレオのそばまで這《ほ》うて行って、ボリュームをいっぱいに上げた」

「凶器は何や」

「特定できてない。医者がいうには、鉄パイプとかスパナみたいな細うて重たいもんやなく、例えばバットのような、ある程度太さのあるもんらしい。現場に残ってへんから、犯人が持って逃げよったんや」

「硬貨入りの瓶で殴ったんではないんやな」

「あれは一抱えもある大きなボトルや。簡単に振りまわせるもんやない」

「もみあってる最中、棚から落ちたというわけか」

「間違いない」

「それやったら、犯人は下着泥やないな。部屋の中まで得物を持って押し入るてなこと、パンツ泥棒にはできんやろ」

「そら確かにそうやけど、まだ決めつけてしまうのは良うない」

「保彦は何時間くらい意識を失うてた」

「救急車が来たん、三時十二分やから、ちょうど一時間ほどやな」

「犯人はどこから外へ出たんや」

「裏庭。侵入したのと同じルートや。保彦の部屋の窓枠と裏のブロック塀に少量の血《けっ》痕《こん》が付着してた」

「型は」

「A」

「保彦の血液型は」

「同じく、A。返り血か、犯人の血か、判断がつきかねてる」

「犯人は負傷してる可能性もあるな」

「ボトルのかけらで手足の二、三ヵ所は切ってるかもしれん」

「傷の手当しとるかもしれん。病院とか診療所をあたってみんといかんやろ」

「それは矢崎さんの担当や。おれは盗犯のリストアップと訊き込み」

「二人ともいつまで喋《しゃべ》ってるの。お肉、焦げるで」

デコがいった。思い出したように、寺田と私は箸《はし》をつける。

「うまい。ええ肉や」

「おまえのために、今日は奮発したんや」

「わし、毎日ここへ来るわ」

「あほ。おまえみたいな欠食児童飼うてたら、給料何ぼあっても足らん」

実際、寺田はよく食べる。しかも早い。ロースやバラはほとんど噛《か》みもせず、ビールで呑《の》みくだす。

「ほんま、天国やな。わしも早う結婚せないかん」

「相手おるんか、相手」

「おったら、こんなとこで肉食うとるか」

「こんなとこでわるかったな」

「おっと、失言やったな」

寺田は悪びれもせず、「タレや。タレがなくなった」

ポケットから薄汚れたハンカチを出し、口のまわりを拭《ぬぐ》った。

水曜日――。酒井材木店強盗傷害事件は朝刊に載った。扱いはどの新聞も小さく、社会面の片隅に多くて二十行程度、物盗《ものと》りの居直りだと記されていた。

午後、捜査本部に寺田から電話――。

「何や、どないした」

「ついさっき、容疑者を引いたんや。連絡しとこと思てな」

「それ、ほんまか。えらい早いな」

「わしら、こう見えても盗犯捜査のプロやで。だてに給料もろてるわけやない」

「容疑者、どんなやつや」

「石井《いしい》友一《ゆういち》、二十九歳。此花区の四貫島あたりのパチンコ屋を根城にしてるパチプロや」

「そいつ、うたいよったんか」

「まだや。これから本格的な取調べに入る」

「石井をどうやって引いた」

「一週間ほど前、泉尾北のマンションで七万円の被害があってな、その時、ベランダの手すりに小指半分だけの指紋を残しよったんや。それを本部に照会してたんが、今朝、やっと照合できたというわけや」

「照合できた途端に逮捕。石井はどこに住んでるんや」

「此花区梅香《ばいか》のアパート」

「以前から眼をつけてたんか」

「石井には前科がある。虞犯者《ぐはん》のリストを作るんもわしらの仕事や。……ま、詳しい話は今晩、署へ寄ってくれ」

「分った。ほな」電話を切った。

「吉永」

班長の深町に呼ばれた。「ちょっと、こっち来い」

「は……」深町のデスクの前に立った。

「これ何や、これ」

深町は私の提出した報告書を手にして、「いつになったらまともな書類を書けるんや。日付と名前、また忘れとるやないか」

「あ、そうですか」

「そうですかやあるかい。顔洗《あろ》て出直して来い」報告書を放って寄越した。

私は深町が嫌いだ。

寺田には大正署前の、このあいだの喫茶店で会った。

「で、どないなった。石井、吐きよったか」

「吐くには吐いた。けど、肝腎《かんじん》のとこはガンとして口を割らん」

直接の取調べにあたっているのは、矢崎と、もうひとり熊谷《くまがい》という一係のベテラン。

寺田は横で聞いていたという。

「盗みについては、案外あっさりと吐きよった。約三十件、思いもよらんボーナスや」

寺田たち盗犯係にとって、自供件数は多ければ多いほどいい。

「ところが、酒井材木店に関しては、徹底して知らぬ存ぜぬ。どえらいしぶといやつや」

「そら、ただの盗みと強盗傷害では、罪の重さに天と地ほどの開きがある。ちっとやそっとでは認めんやろ」

「それがな……」

寺田は言葉を切り、たばこを揉《も》み消して、「石井にはアリバイがあるかもしれんのや」

「アリバイ？」

「保彦が襲われた日、石井は午前二時まで、四貫島のバロンいうスナックにおったというんや。これにはバロンのマスターや女の子の証言がある」

「それやったら、石井はシロやないか」

「それが、そうともいいきれん」

「どういうこっちゃ」

「石井、梅香のアパートからバロンへは車で行った。そやから、店を出たあと、そのままますぐ大正へ向かったとも考えられるんや」

「バロンから酒井材木店へは」

「深夜の二時やし、十分もあったら行けるやろ」

「ということは、保彦が殴られたんは午前二時十分以降。時間的なズレをみて、二時十五分から三十分くらいと考えたら話の筋は通るんやな」

「そう、そのとおり。……けど、保彦は二時ちょっと前に殴られたんやないかという てる」

「保彦からもっと詳しい事情聴取をせないかんな」

「わし、これから病院へ行く」

「おまえの心証はどうなんや。石井は本星か」

「間違いない。明け方の二時、三時ごろ、車で港区や大正区へ行き、裏庭やベランダから侵入して、錠のおりてへん窓を開けるあたり、手口はどれもいっしょや。それに、あいつ、以前にも居直りをしてる」

「いつや」

「七年前。尼崎の塚口《つかぐち》で、侵入した電器屋のおやじをドライバーで刺してる」

「なるほど。けっこう粗暴なとこもあるんや」

「本人を見たら、虫も殺さんようなか弱い感じなんやけどな」

「そういうのが意外に危ないんや。体力に自信がないから、すぐ刃物を振りまわす」

実際、そのとおりである。我々捜査一課は殺人、強盗などの凶悪事件を扱うが、犯人を捕えてみれば、なぜこんなやつがと思われるほど腺病質《せんびょうしつ》な連中が多い。特に暴力団関係者など、日頃不摂生な生活をしているだけに、特にその傾向が強い。

コーヒーが来た。寺田はストローを使わず一気に飲みほして、

「さ、早《は》よう飲め」

「あほいえ。おれのはホットやぞ。この熱いのがいっぺんに飲めるか」

「おまえ、猫舌か」

「猫でも犬でも熱いもんは熱い。なんでそんなに急《せ》かすんや」

「病院、いっしょに行こ」

「何やと」

「わし、今晩は暇や。保彦から話を聞いたら、あとはすることがない」

ミナミの玉屋町に、しゃれたスナックがあるという。

「それはおおきにごちそうさん」

「何をいう。割り勘や、割り勘」

寺田は伝票を手にして立ち上がった。私はブレンドをひとすすりして、あとを追う。

「な、よう考えてくれ。君が殴られたん、午前二時前に間違いないんか」

中山病院、五〇二号室。寺田は折りたたみのパイプ椅子にまたがり、背もたれに両手をかけて、酒井保彦に訊く。

「ええ。間違いありません」

保彦はベッドの中から顔だけこちらに向けて小さく答える。頭のほとんどが包帯でおおわれ、あごが細く尖《とが》っているから、まるでラッキョウだ。

「それ、どういうわけで二時前やと分るんや」

「そのわけは、矢崎さんにいいました」

「同じことを何べんも聞くんがわしらの仕事や。さ、話してくれ」

寺田の有無をいわさぬ口調。保彦は気圧《けお》されたように、

「ぼく、ラジオを聴いてました。大阪放送のミッドナイト・リクエスト」

「ほう。それで」

「あの番組は、二時までやってます。ぼくはそれを聴きながら、一時半ごろに寝たんです。これは寝る前に目覚まし時計をセットしたから確かです」

保彦は休み休み話す。「眼が覚めた時、まだミッドナイト・リクエストをやってたような気がします」

「君は起きた途端に首を絞められたんやろ」

「はあ……」

「ぎゅうぎゅう痛いめにおうたあげく、頭を殴られて気を失うた。ラジオの番組を確認するような余裕があったとは思えんけどな」

「ぼく、嘘はついてません」

「誰も嘘やとはいうてへん。わしは事実を知りたいだけや」

といいながらも、寺田は事件発生時刻を何とかして二時以降に持って行こうとしている。これは、下手をすると誘導尋問になってしまう。私は思いついて、

「ミッドナイト・リクエストのあと、二時からはどんな番組があるんや」訊いてみた。

「オールナイト・オーサカいう番組です」

「ミッドナイト・リクエストとの違いは」

「パーソナリティーが違います。ミッドナイトは女、オールナイトは男です」

「内容は」

「似たようなもんです。曲と曲の間に喋《しゃべ》りが入ります」

「それやったら、どっちがどっちの番組やら、分らへんやないか」

「眼が覚めた時は、女の声が流れてたと思います。どんなことを喋ってたかは知らんけど」

「それ、確かにパーソナリティーの声やったか」

「さあ、それは……」呟《つぶや》くようにいい、保彦は眼を伏せる。

「分った。よう分った」

寺田がいった。「今日はこの辺にしとこ」

勢いよく立ち上り、保彦の肩をポンと叩《たた》いて、

「また来るわ。犯人、ちゃんと逮捕したるからな」


一階、待合室に降りた。

受付横の公衆電話ブースで、寺田は電話帳を繰った。

ボタンを押す。

——すんません、大阪放送ですか。

——私、大正警察署の寺田いうもんですけど、ちょっとお聞きしたいことがありまして。

——ミッドナイト・リクエストと、オールナイト・オーサカの担当者をお願いします。

寺田の話は三分ほどで終った。受話器を置くなり、

「分ったぞ。月曜日の放送、オールナイト・オーサカには女のゲストが出た。伊村《いむら》

恭子《きょうこ》という童話作家で、二時二十分から三十分までの十分間、自分の作品の朗読と解説をした」

「番組の終了時刻は」

「四時。伊村は朗読が終ってすぐスタジオを出た」

「ミッドナイト・リクエストのパーソナリティーの声と伊村の声、似てるんか」

「そこまでは知らん。わし、大阪放送へ行ってテープを借りて来る」

いって、寺田は上眼づかいで私を見る。

「あかん、あかん」

あわてて手を振った。「おれ、行かへんぞ。この上、何が悲しいて放送局まで行かんならんねん。おれ、ただのオブザーバーやで」

「おまえ、さっきはいっしょに玉屋町へ行くというたやないか」

「飲みには行く。放送局へは行かへん」

「これやもんな。どういう育ち方したら、こんな怠慢な人間ができるんや」

寺田は腕の時計に眼をやった。「まだ八時すぎや。な、放送局つきおうてくれ。今日の飲み代、みんなわしが払うから」

——そして二日。

寺田からは毎夜、報告がある。——放送局から借りた録音テープを保彦に聞かせたところ、ミッドナイト・リクエストの女性パーソナリティーと、オールナイト・オーサカの童話作家の声は比較的よく似ており、どちらの声だったか定かでないと、保彦は答えた。それを受けて、寺田や矢崎は石井を追及した。

石井は吐いた。——月曜日午前二時、バロンを出てから、彼は車（スカイライン）に乗り、港区弁天《べんてん》町附近の、主に事務所ビルを物色した。その夜は、途中、二度パトカーとすれちがったため、用心して侵入はしていない。だから、午前二時以降、アパートへ帰り着くまでの二時間、石井にアリバイはない。ないが、酒井材木店の一件に関しては頑強に否認した。今も否認している。

スカイラインのトランクルームから押収したドライバー、スパナ、バール、革手袋などに血液反応はなく、また、保彦を殴ったとみられる「バット」ようの器物も発見されないため、大正署捜査員は決め手を欠いて、取調べは膠着《こうちやく》状態。それではと、ポリグラフ検査を実施しようとするが、石井が応じないため、これも没。実際、調べは難航している。

保彦の状態はいい。近く退院すると聞いた——。

電話。

「誠ちゃん、元気?」デコだった。

「おまえ何や、そんなに暇か」

今日は深町がそばにいないから遠慮せず喋る。

「うち、今どこにおると思う」

「知らん。聞きとうもない」

「店や。この電話、店からかけてんねん」

「客は」

「いてはる」

「ほな、くだらん電話してんと、金儲《かねもう》けに精出さんかい」

「えらいかっこつけてるやないの、その言い方」

「おれは、な……」

「分ってる。府民の公僕として、日々、滅私奉公してんねやろ」

「そや、そのとおりや」

「安い給料でよう働くな」

「おまえ、わざわざ電話してきて、亭主にケンカ売る気か」

「聞いてほしい話があるねん」

「何や、さっさといえ」

「ついさっきな、三丁目の坂倉《さかくら》いうおばさんが、甘塩のシャケ買うてくれたんや」

「切るぞ、電話」

「お黙り。本題はこれからや。……坂倉さんとこ、マンションの二階なんやけど、月曜日の明け方、下着泥に遭《お》うたんやて」

「それがどないした」

「坂倉さんとこには娘さんがいてはる。名前は由利江《ゆりえ》ちゃんいうて——」

年は十九、短大の一年生だ。

由利江はクッションにもたれかかり、ヘッドホンでユーミンを聴いていた。ベランダに面した部屋の照明は豆球だけ。そろそろ眠くなっていた。

曲が終った。ラジカセの電源を切った時、窓の向こう、カーテンの隙間を黒いものが横切った。

由利江は立ち上がり、カーテンを開けた。

瞬間、眼が合った。

男。黒っぽい服の男が、由利江の干しているショーツに手を伸ばしていた。

「あーっ」

叫んだような気もする。男に聞こえたかどうかは分らない。

男はベランダの手すりに手をかけ、飛び降りた。

由利江は両手で顔をおおった。涙が止まらなかった——。

「と、いうことなんや」デコは話し終えた。

「それ、何時ごろや」私はたばこをくわえた。

「午前三時前後やというてた」

「ほな、時間帯はだいたいいっしょやな」

酒井保彦が襲われたのは午前一時三十分から二時三十分の間だ。

「そのマンションの名前は」

「大成マンション」

「酒井材木店から大成マンションへはどれくらいかかる」

「歩いて五分」

「それやったら、石井のやつ、保彦を殴ったその足で大成マンションへ行った可能性もあるな」

「あほらし。人を殴り倒したあと、おチンチン振り立ててパンツ盗みに行くような人間どこにいてる」

「何もチンポコ振り立ててるとは限らんぞ」

「つまらんこといいな」

「いわしたん、おまえやないか」

「あ、そう」

「今の話、いちおう寺田の耳に入れといた方がええな」

「これから電話する。坂倉さんには、由利江ちゃんが学校から帰り次第、いっしょに大正署へ行くようにいうといた」

「さすが探偵の妻、上出来や」

「な、誠ちゃん。もし、うちのパンツが盗《と》られたら、どないする」

「どないもこないもあるかい。盗んだやつを追いかけるがな」

「それで、追いかけて?」

「これも持って行け、いうてブラジャーを投げつける」

「誠ちゃん」

「うん」

「かしこいね」

電話が切れた――。


家に帰ったら、デコはいなかった。居間のテーブル上にメモ帳がある。走り書きで、

――泉尾三丁目、大成マンションへ来て下さい。

「ええ加減にせんかい。いつまでかかずりおうてるつもりや」

いいながらも、私は家を出た。

――私とデコの住む棟割り長屋の一軒は、環状線大正駅を南へ五百メートルほど行った大正区三軒家《さんげんや》にある。附近は典型的な商工業地域で物価も安く交通の便もいいから、その下町特有の猥雑《わいざつ》さが好きな私にとって、これほど住みやすいところはない。家から泉尾公設市場の岩朝塩干店へは歩いて三十分の距離だ。

――大成マンション。車寄せにデコの自家用車が駐《と》まっていた。そう、岩朝塩干店の軽四デリバリーバンである。車内にデコはいない。

マンションは薄茶色のスタッコ吹き付けの八階建、そう大きくない。各階十室というったところか。

私はマンションの中に入った。メールボックスを見る。

坂倉司郎《しろう》――二〇一号室だ。

エレベーターで二階へ上り、西側の突きあたり、壁のボタンを押した。

「はい」インターフォンを通して返事。私は顔を近づけて、

「吉永ですけど、うちのやつ、おじゃましてませんか」

「あ、ついさっきお帰りになりましたけど」

「そうですか……どうも」

小さく頭を下げ、ドアを離れた。「あのばかたれ。何をしとるんや、何を」呟《つぶや》きながら、エレベーターに乗った。

玄関を出た。車寄せにデコは見あたらない。

たばこをくわえた。火を点《つ》けようとして、
背中を叩《たた》かれた。一瞬、膝《ひざ》がすくむ。

「ワッ」

「やあ、誠ちゃん」デコだ。

「誠ちゃんやあるかい。日も暮れたというのに、人妻が何をうろうろしとる」

「うちな、由利江ちゃんを大正署へ連れて行ったんや。そのあと、家まで送ってあげた」

「おせっかいもたいがいにしとけよ」

「そやかて、警察へ行くの怖いというから」

「寺田はどないいうてた」

「ああそうでっかと、話を聞いたあと、由利江ちゃんに石井いう人を見せた」

「それで」

「由利江ちゃん、下着泥棒の顔、まったく憶《おぼ》えてへん」

「服装もか」

「黒っぽいジャージーの上下を着てたらしいけど」

「とどのつまり、由利江の証言は何の足しにもなってへんのやないか」

「そういうこと」

「腹減った。飯食いに行こ」

「ちょっと待って。うち、確かめたいことがあんねん」

いうなり、デコは歩きだす。

「どこへ行くんや」

「黙って、ついといで」

建物に沿って裏へまわった。裏庭はほぼ全面コンクリートブロック敷きで、向こうのフェンス際に夾竹桃《きょうちくとう》が植えられている。

デコは二〇一号室の下に立った。ベランダを見上げる。

「犯人、どないして二階へ上ったんやろ」

「まず一階のベランダへ上ってやな、それから手すりの上に立って、二階のベランダに手をかけた。手さえ届いたら、あとは何とかしてよじ登れる」

「男いうのは、たった三百円か四百円のパンツ欲しさにどんな苦労もいとわんのやね」

「男やない、変質者というてくれ」

「分った。帰ろ」

ベランダを見て気が済んだのか、デコはいった。

「久しぶりに鮨《すし》でも食うて帰ろか」

「賛成。うちはトロとウニ。誠ちゃんはイカとタコや」


日曜日——。

スナック殺人の一件はすべて落着し、捜査本部は解散した。明日《あした》から深町班は大手前の府警本部に戻り、新たな事件発生に備えて待機する。私は祝いのコップ酒を飲みほし、同僚の文田《ふみた》といっしょに部屋を出た。これから飲み歩く。

南署を出て数歩、道の向こうで手を振る女がいる。赤に黄色の大きな花柄のワンピース、どこかで見た憶えがある。

「あの人、何です。知り合いですか」文田がいう。

「おれの水子霊や。年から年中そばから離れることがない」

デコが走り寄って来た。私の腕をとる。

「あの、失礼ですけど……」文田が訊く。

「私？　借金取りです」またくだらないことをデコはいう。

「ほな、この人が例の伶子ちゃん？　あの千日前《せんにちまえ》のキャバレーの」

「えっ、何やて」

「ぼく、ここでさいならします。馬に蹴《け》られて死にとうないよって」

文田は颪をまいて走り去った。それを見送って、

「ちょっと」

デコの視線が冷たい。「伶子ちゃんて、誰よ」

「あの文田のよめはんや」

「つまらん嘘つかんとき。何の因果で自分の奥さんの名前が出て来るの」

「くそっ、文田のやつ」

私はげんなりした。これは文田のいたずら、男同士によくある軽いジョークだ。

「今日は何の用や。鮨は食わんぞ」

「うち、これから中山病院へ行くし、つきおうて」

デコはにっこりして、「おもしろい趣向があるねん。酒井材木店事件は、今晩解決するんやて」

「それ、誰に聞いた」

「寺さん」

「石井、うたいよったんか」

「そうでもない」

「わけが分らんな」

「詳しい説明はあと。向こうで寺さんが待ってるし、早う行こ」

デコは手を上げて、タクシーをとめた。

「おめでとう。明日で退院やそうやな」私はいった。

「ええ、どうも」

酒井保彦は答える。頭の包帯はこの前会った時の半分ほどになっている。

「後遺症はどうなんや」

「それは、今のとこ大丈夫です」

「勉強、がんばらんといかんな」

「……はい」

「君、高校出て何年や」寺田が訊いた。

「三年めです」

「すると、年は二十一か」

「まだ二十歳です」

「毎日毎日、勉強ばっかりで頭がもやもやするやろ。何ぞ気晴らしはないんか」

「パチンコやったら、たまにします」

「友達、いてへんそうやな」

「それ、どういう意味です」

「いや、何でもない」

「あの……」

「どないした」

「ぼく、頭が痛うなってきました」

「わるい、わるい。もうすぐ帰るよってな」

寺田は慰撫《いぶ》するようにいい、ベッドに近づいて、「ところで君、三丁目の大成マンションいうのを知ってるか」

「さあ、知りませんけど」

「そらおかしいな。君はよう知ってるはずなんやけどな」

「…………」

「わし、きのうの夜、鑑識の連中を連れて大成マンションへ行ったんや。ほいで、ルミノール反応検査をしてみたんやけど……」

寺田はそこで言葉を切り、保彦の顔をうかがうようにして、「ルミノール検査て、知ってるか」

「どんなんです」

「スプレーに反応液を詰めて、シュッ、シュッとそこいらへんに吹きかけるんや。そしたら、もしそこに人間の血があったら、ルミノール液が血液と化学反応をしてホタルみたいに青白く発光する。眼には見えんほんの微量の血痕《けっこん》でもはっきり発光するんや。……どや、分ったか」

保彦は返事をしない。顔が蒼白《あおじろ》い。

「で、そのルミノール検査の結果なんやけど、マンションの西の端、一〇一号室のベランダのすぐ下、コンクリートブロック上に少量の血痕が付着してた。血はそこからマンション裏の通用口まで点々と落ちてたし、これはつまり、二〇一号室のベランダで下着を盗もうとしてた犯人が、その犯行現場を坂倉由利江に発見され、あわてて裏庭に飛び降りた結果、体の一部に創傷を負い、血を滴下させながら逃走したと、そういう鑑識の正式見解が出たんや」

「…………」

「わし、この間、君にいうたな。容疑者を逮捕したと」

「石井いう人ですね」

「そう。石井はシロやった」

「けど、アリバイがないとかいうてはったやないですか」

「それが皮肉なことに、石井のアリバイは君が証明したんや」

「えっ……」

「石井は車の中で深夜放送を聴いてた。オールナイト・オーサカ。童話作家が朗読した羊と狼の話を結末までしっかり憶《おぼ》えてた。ということは、朗読の終った二時三十分まで、石井は車外に出てない。……つまり、君を襲ったんではないと判った」

「それ、テープでも録《と》ってたんと違いますか」

「石井は盗《ぬす》っ人《と》や。真夜中にこそこそと侵入して、夜の明けんうちにずらかる。目撃者のおらんことを前提にして仕事しとるのに、何のためにアリバイ工作なんぞする」

「そやけど、石井は……」

「もうやめとけ」

保彦の言葉を寺田は手でさえぎった。「推理ごっこはもうええ。……君を殴った犯人、教えたろ」

「だ、誰です」

「酒井保彦、おまえや。ここ四ヵ月間に発生した三十八件の下着盗は、みんなおまえの仕業や」

「…………」

「大成マンションと、おまえの家のブロック塀に付着してた血痕の血液型はA。同じく、おまえの血液型もA。申し開きがあるんならしてみんかい」

「…………」

「どうした、口がきけんようになったんか」

「知らん。ぼくは知らん」保彦は激しく首を振る。

「そうか、あくまでもシラを切るつもりか」

寺田は振りかえり、ドアに向かって、「すんません、入って下さい」声をかけた。

ドアが開いた。緊張した面持ちで入って来たのはデコ。じっと保彦の顔を見て、指をさし、

「この人です。この人が私の下着を盗《と》ろうとしてました」

「間違いおませんか」

「ありません」

「お名前、聞かせて下さい」

「坂倉由利江。大成マンションの二〇一号室に住んでます」

言い終らぬうちに、

「ウワーッ」

保彦の上体が大きく揺れ、そのまま前に突っ伏した。あとは嗚咽《おえつ》が洩《も》れるだけ。

寺田は私を見て、思い出したように、ふっと小さく笑った——。

身柄を大正署に移し、本格的な取調べをした結果、酒井保彦はすべてを自供した。

その自供にもとづいて、保彦の部屋を捜索したところ、押し入れの天井裏から大量の

下着類が発見された。押収された下着類は、ブラジャーが四十数点とショーツが百十点、段ボール箱に二杯分もあったという。またその際、保彦が犯行時に着ていた黒のジョギングスーツ一着も同じところから発見された。

保彦は大成マンションで負傷して自室に逃げ帰りはしたものの、頭部からの出血が止まらず、このままでは死んでしまうのではないかとの恐怖にかられた。そこで、Tシャツとジーンズに着替えてジョギングスーツを天井裏に隠したのち、ステレオのボリュームをいっぱいにあげ、スチール棚の硬貨入りボトルをカーペットの上に叩《たた》きつけて、家人が起きるのを待った。棚のそばに頭を抱えて倒れていれば、頭の傷に不審の念を持たれることもなく、救急病院で治療を受けられると思った。

ところが、一夜明けてみると、自分の負傷は泥棒の居直りによるものとの見解を、事情聴取にあたった捜査員から聞かされた。

ここはその線に沿うほかない、保彦はそう考え、黒い影に首を絞められた——と、捜査員にいった。

捜査員は保彦の言に疑念を抱いたようすもなく、保彦は徹底的に被害者であり続けようと固く心に決めた——。

「しかし、ま、大手柄やな。こんな優秀な探偵、うちの署にはいてへんで」

串《くし》をつまんで、寺田はいう。

「塩干屋やめて、大正署に奉公するか」と、私。

「あほなこといいな。うちは岩朝塩干店の専務取締役やで」デコは私を睨《にら》む。

大正駅前の焼き鳥屋、寺田のおごりで私たちは酒を飲んでいる。

「けどおまえ、何がきっかけで保彦が怪しいと考えたんや」私はデコに訊く。

デコはバーボンの水割りをクイッと空けて、

「金曜日、大成マンションへ行ったやろ。誠ちゃんといっしょに二〇一号室を見上げた」

「ああ。確かに見上げた」

「犯人はしんどいめして二階のベランダへ上った。……ほな、降りる時はどないしたんか。まさかロープを伝って降りるわけやないし、もし飛び降りたんやったら、絶対にケガをしてるはずやと、私は思た」

「なるほど。それで……」

「次の日、店から寺さんに電話して、そのことをいうた」

「何やおまえ、仕事サボッて電話ばっかりしとるんやな」

少し嫉《や》ける。人妻が男と話をするな。

「わし、由利江から話を聞いただけで、大成マンションへは行かんかったんや」

寺田が口をはさんだ。「自分の眼で現場を見んから、下着盗のケガに気がつかん。……ほんま、面目ないわ」

「市民の平和をあずかる警察官がそれでは困る。おれら、安心して眠られへん」

「おまえはそういうけど、マンションの血痕を検出してからは、わし、けっこう活躍したんやで」

「ほう、どない活躍した」

「下着盗はケガをしてる。石井はケガしてへん。保彦はケガしてる。……ここまで思い浮かんだら、あとはぴんと来るやないか。そこでわし、保彦のアリバイについてじっくり検討してみた。……一時三十分から二時三十分の間に襲われたというのは、あくまでも保彦ひとりの申し立てや。あいつが倒れてるの発見されたんは三時ちょっとすぎやし、大成マンションから家に逃げ帰って、そのすぐあと家族を起こしたと仮定したら、時間的な面はきれいさっぱり解決する。あとは狂言の動機を推理し、どうやって口を割らすかを考えるだけや」

「ステレオのボリュームを上げたんは、ボトル割る音をごまかそうとしたんやね」

「正解、そのとおりや。さすが照ちゃんは鋭い」

「しかし、おまえな」

私はいった。「デコを由利江に仕立てたんは感心せえへんぞ。もし保彦が口を割らへんかったらどないするつもりやった」

「そんなもんどうってことない。わしら三人が何もいわなんだら、それでええ」

「うち、うまかったやろ、お芝居」

デコが調子に乗っていう。私は相手にせず。

「ひとつだけ分らんことがあるんやけどな、保彦は救急車が来た時、何でボトルが落ちたといわんかったんや」

「あいつがケガしたんは二時半以前。ほんまにボトルを割ったんは三時すぎやから、そこまではっきりいうことにどこか抵抗があったんやろ。意識が朦朧《もうろう》としてるふりしてたら、あとはまわりの人間が適当に解釈してくれるし、説得力もあると、そう読んだんや」

「大学は落ちるばっかりやのに、知恵がまわるやないか」

「所詮《しょせん》は素人の猿知恵や。わしらみたいなプロにかかったら一発で看破される」

「その割には、解決までに一週間もかかったな」

「照ちゃんのおかげや。下着盗はケガしてるはずやというあの指摘がなかったら、解決はもっと遅れてた」

寺田はデコのことを必要以上にほめる。さっきからそうだ。気に入らない。大いに気に入らない。二人の間に何があったというわけでもないが、私の繊細な神経にぴりぴり障る。

「ね、寺さん、今度の日曜日、暇?」デコは寺田にほほえみかける。

「うん。まあ、非番やけど」寺田のやにさがった顔。

「うち、ね……」

「こら、デコ、何をいうとる。せっかくの休みを寺田に迷惑やないか」

糸が切れた。嫉妬《しっと》というならいえ。

「どないしたん。えらい機嫌がわるいやないの」

「わるうない。酒がまずいだけや」

「うちな、寺さんに克美《かつみ》ちゃんを紹介したらどうかと思てるんやけど」

克美は私のめいだ。

「ね、誠ちゃん、聞いてるの」

「聞いてる。ええ話や」

「ほな誠ちゃん、次の日曜日、どこかしゃれたレストランを予約しなさい。それから、克美ちゃんに連絡して――」

デコといっしょだと気の休まるときがない。しかし、ま、そこがいい。

沈黙のブラックボックス

麻見和史

麻見和史（あさみ・かずし）
一九六五年千葉県生まれ。二〇〇六年『ヴェサリウスの柩』で鮎川哲也賞を受賞しデビュー。

1

「……で、うちの甥っ子が言うにはね、前からそこの店長は無愛想なんですって。そんな店に行くのはやめなさいって諭したんだけど、あの子、毎週通っているのよね」

「へえ。料理が旨いんですかね。それとも値段が安いのかな」

「そうじゃないの。店員の中に、可愛い子がいるんですって。それが目当てなのよ」

「はは。そういう理由じゃ仕方ないなあ」

携帯電話を握ったまま、西条謙太郎《さいじょうけんたろう》は声を上げて笑った。椅子にもたれた弾みに、机上の書類が崩れて、ばさばさと床に落ちた。

向かいの席で、篠宮拓海《しのみやたくみ》が眉をひそめている。眼鏡の奥の目が、いつにもまして険しくなっていた。西条は、それには気がつかないふりをした。

「今度、俺も行ってみますよ。……じゃあ、また何か、面白い話があったら教えてください」

通話を終えると、すぐに西条は携帯電話のメモリー画面を開いた。次の架電先を選び出す。

「西条先輩。僕たちは今、仕事をしているんですよね？」篠宮の声が聞こえた。

来たな、と西条は思った。四角四面で融通の利かない後輩が、毎度繰り返す質問だ。

「そう、仕事中だよ」西条は言った。「これは情報収集だ。わかってるだろう？」

「だったら、真面目にやってください。さっきから何ですか。飲み屋のことばかり……」

「おまえはわかってないねえ。日常会話の中にこそ、『事件の芽』は隠れているんだよ」

電話がつながった。西条は篠宮を追い払う仕草をして、携帯を握り直した。

「あ、照代《てるよ》さん？　梶川《かじかわ》警察署の西条です」電話の相手は庄司《しょうじ》照代という女性だ。

「ちょうどよかったわ、西条さん。今朝、妙な話を聞いたの」照代は声をひそめて言った。「岩下《いわした》二丁目に、灰島《はいじま》ビルっていうのがあるでしょう」

「無人のビルですよね。近々内装工事をするという……」

「その近所の人から聞いたの。昨日の夜、十時四十五分ぐらいって言ったかしら。男の人が布団袋みたいなものを引きずって、ビルに入っていったんですって。あとで考えたら、人間ぐらいの大きさだったような気がしたとか」

「それは気になりますね」

西条はちびた鉛筆を手に取った。メモ帳に時刻を書きつける。

「でね、そのあと十一時ごろには、誰かを背負って出ていく姿を見たらしいの。たぶん同じ男だろうって。酔っぱらいを背負うような感じだったみたい。……目撃者はアパートに引っ越してきたばかりの女性で、あそこが無人のビルだってことを知らなかったのね。今朝アパートの大家さんに相談して、その話が私のところまで伝わってきたわけよ」

「わかりました。情報提供、感謝します」礼を述べて、西条は電話を切った。

メモ帳を見つめて、じっと考え込む。どうも、裏に何かありそうな気がする。

「ねえ先輩」書類の山の向こうから、篠宮がこちらを見ていた。「この前の報告書、まだ出していませんよね。今日はもう十一月八日ですよ。早くしないと、また係長に……」

西条は右手を突き出して、相手を制した。

「『未詳事案』だ。出かけよう」

「事件ですか？」篠宮は表情を引き締めた。

「いや。事件に発展するのを待ってちゃいけない。俺たちは『犯罪防止班』なんだからな」

篠宮はうなずく。彼はタブレットPCを鞄に入れて立ち上がった。

犯罪防止班はT県警梶川警察署、生活安全課防犯係に設置されたチームだ。所属するのは西条謙太郎巡査部長、三十八歳、そして篠宮拓海巡査部長、二十七歳。

ふたりの仕事は、隠れた犯罪計画を見いだして、事件を未然に防ぐことだった。

駐車場から覆面パトカーが出てくるのが見えた。西条は両手を振って車を停めた。助手席の窓を開けて、スーツ姿の女性が顔を出す。刑事課強行犯係の鶴野《つるの》圭子《けいこ》警部補だった。年齢はたしか三十五歳。整った顔立ちなのだが、あまり愛想がない。

「何ですか、西条さん」

階級は圭子のほうが上だが、年齢ではこちらが先輩なのだ。

「圭ちゃん、どこまで行く？　俺たち、岩下二丁目まで行きたいんだけどさ」

「うちの現場は岩下一丁目です。負傷した予備校生が、空き地で倒れていた事件があって……」

「近くじゃないか。一緒に乗せていってくれるよな？」

西条たちはドアを開け、後部座席に乗り込んだ。圭子は不機嫌そうな顔をしていたが、やがて運転席に向かって言った。

「何をぼやっとしてるの。出しなさいよ、谷田部《やたべ》」

「はい、班長」谷田部竜三《りゅうぞう》巡査部長の巨体が、びくりと動いた。

谷田部は周囲を確認してから、面パトをスタートさせた。

「最近どう？」西条は圭子に話しかけた。「ばりばり手柄を立ててるのかい」

「別に私は、手柄のために捜査をしてるわけじゃありません」圭子はこちらを見た。

「西条さんこそ、どうなんです？　犯罪防止班なんて、訳のわからない部署へ異動になって」

「厳しいなあ。訳のわからない部署か」

「県警の捜査一課にいた人が、所轄の隅っこでくすぶっているなんて、もったいないと思います」圭子は声を低くした。「だいたい、犯罪を未然に防ぐなんて無理でしょう。いったい、どんな捜査をするつもりなんですか」

犯罪防止班は原則として、すでに発生した事件は扱わない。活動の根拠となる法律は犯罪の「予備」を処罰する規定だ。強盗予備罪、殺人予備罪、凶器準備集合罪などがある。

事件を事前に察知すれば、犯罪件数を減らすことができる。警察の負担も少なくなるし、刑務所の収容人数、収容期間も減らせるだろう、というのが上の考えらしい。

「どんな捜査をするか、それが問題だよな」西条は腕組みをした。「基本的には人から話を聞くしかない。町を歩いたり、電話をかけたりして情報を探しているんだけどさ」

「西条さん、署内で犯罪防止班がどう呼ばれているか、知っていますか。『梶川署のお荷物』ですよ。中には『税金泥棒』なんて言う人も……」

「税金泥棒はひどいなあ。お荷物なのは認めるけど」

「認めないでくださいよ、先輩」篠宮が顔をしかめて言った。「拝命したからには、きちんと成果を挙げましょう。我々の実力を、みんなに認めてもらうんです」

西条の横で、篠宮はひとり息巻いていた。

2

灰島ビルは、東西に走る市道に面していた。四階建てで、かなり古い造りだ。

西条たちはビルの正面に立った。西側、つまり左隣には、二階建ての集合住宅がある。東側には立体駐車場と、九階建てのマンションが並んでいた。

西条はひとつくしゃみをした。市内では昨夜からずっと、強い風が吹いているのだ。

エントランスのドアには、工事の告知が貼り出されていた。掲示されたのは半月前らしい。工事開始日は十一月十二日、月曜だと書かれている。今日が十一月八日、木曜だから、四日後だ。

篠宮はタブレット端末をいじっていたが、顔を上げると、眼鏡の位置を直した。

「このへんは商業地域と第一種住居地域が混在する場所ですね。過去一年間で空き巣狙いが一件、車上狙いが三件発生しています。それから、僕の定期巡回によると……」

「定期巡回？　ああ、ネット検索のことか」

篠宮は毎日、情報検索を行っている。キーワードは「悲鳴」「血」「事件」「不思議」「幽霊」「心霊現象」などだそうだ。

「じつは昨日の夜、このビルで心霊現象を見た、という書き込みがあるんですよ」

タブレット端末には、地域について語る掲示板が表示されている。その文章を書いたのはＨＡＲＵという人物だった。内容からすると、中学生か高校生だと思われる。

「要約すると、こうです。ＨＡＲＵは昨夜、自宅から灰島ビルを眺めていた。しばらくして敷地西側の庭に、白いものが見えるのに気がついた。宙に浮いて、ゆらゆらと動いている。心霊現象ではないかと思った。時刻は午後十時十五分ごろだった。気分を紛らすため、ゲームをした。十時四十分ごろにもう一度見ると、その『白い幽霊』は消えていた……」

西条は周囲を見回した。付近には大きなマンションがいくつも建っている。HARUとやらは、どこかのマンションからそれを目撃したのだろう。

「しかし、ネットの情報だからなあ」西条は疑うような目で相棒を見た。「俺は、町内会や商店会、ママ友なんかのほうが信用できると思うけどね」

「ネットの情報のほうが詳しい場合もあります。世の中には、リアルなコミュニケーションが苦手な人もいるんですよ」

篠宮は大学で犯罪社会学を学び、県警に入ってからは科学捜査研究所で働いていたという堅物だ。西条は彼を嫌っているわけではないが、面倒な男だとは感じている。向こうは向こうで西条のことを、ずぼらで前時代的な人間だと思っているのだろう。お互いさまだ。

五分ほどで、不動産会社の車がやってきた。降りてきたのは、三十代前半ぐらいの男性だ。西条が事前に連絡して、ここで落ち合うことになっていたのだ。

「光村《みつむら》と申します」相手は名刺を差し出した。「この物件で何かあったんでしょうか」

「これから、それを調べます」篠宮が言った。「昨夜ここに布団袋のようなものが持ち込まれた、という情報がありました。人ひとり、入るぐらいの大きさだったそうです。もしかしたら、中に人間の遺体が……」

「おい」西条は相棒をつついた。それから光村に話しかけた。「変な話をしてすみません。念のため、ビルの中を見せてもらえませんか。地域の安全のため、ご協力をお願いします」

わかりました、と言って光村は玄関の鍵を取り出した。

「あれ。鍵がかかっていない……」ドアはそのまま開いてしまった。「おかしいな」最後に施錠を確認したのは半月前だという。

光村の案内で、西条たちは灰島ビルに入った。念のため、両手には手袋を嵌《は》めた。

一階を使っていたのはデザイン会社だったそうだ。フロアは学校の教室ふたつ分ぐらいの広さで、太い柱が何本も立っている。西側と東側に窓があり、外から光が射し込んでいた。

床には縦横三十センチほどのカーペットが敷き詰めてある。一枚めくると、床板との間にLANケーブルや電源ケーブルが走っていた。あちこちでカーペットが盛り上がっているのは、これらのせいだろう。

空気が流れているのに気づいて、西条は東の窓に歩み寄った。クレセント錠の周りのガラスが割られていた。調べると、ほかにも何枚か割れていることがわかった。

「ひどいな。誰がこんなことを……」光村は困惑しているようだ。

西条は窓を開けた。二メートルほど先にネットフェンスが設置されている。その手前に、目隠し用の樹木が一列、植えてあった。あれはマサキだろう。

フェンスの向こうには、二段式の立体駐車場が見える。上段、下段に五つずつ、南から北へとパレットが並んでいた。もっとも目立つのは、上段中央にある黄色いワゴン車だ。車はどれもこちらに後部を向けていた。市道から敷地に入り、バックしながら車体を九十度、左に回転させて停めるのだろう。風向きによっては、ここまで排気ガスが流れてきそうだ。

駐車場のさらに向こうには、大きなマンションがあった。

「九階建てか。……北側は民家ばかりですね。日が当たらなくて気の毒だな」

「このへん一帯はうちの会社が管理しています。たしかに日照の問題はデリケートですね。でもここは商業地域ですから、ビルを建てることができるんですよ」

西側の窓に行くと、やはり二メートルほど先にマサキとネットフェンスが見えた。その向こうは二階建ての集合住宅だ。こちら側、つまり東向きにベランダがあった。

あの建物も、光村の会社で管理しているという。アパートではなく「タウンハウス」といって、縦割りのメゾネットタイプなのだそうだ。家の中に階段があって一階と二階が使えるので、普通のアパートより広いらしい。

次に、フロアの北側を調べてみた。ドアをひとつ開けると、写真現像用の暗室があった。窓がないため、中は真っ暗だ。西条と篠宮はミニライトをかざした。

床にはごみが散らばっている。隅に防水シートがあり、不自然に盛り上がっているのが見えた。まるで、人ひとりが横たわっているような形だ。嫌な予感がした。

意を決して、シートを取りのけてみる。何のことはない、下に隠れていたのは砂だった。土嚢《どのう》にして三つ分ぐらいはあるだろうか。隣で篠宮が胸をなで下ろしていた。

「これは何だ？」西条はしゃがみ込んだ。「伝票の切れ端かな」

砂の中に半分埋もれていたのを、つまみ上げる。ホームセンターの店名が読み取れた。

「こちらはごみばかりですね」篠宮が言った。「煙草の吸い殻、ビールの空き缶、それから……先輩、財布です！」

黒い小銭入れが落ちていた。百円硬貨が二枚、十円硬貨が一枚、ほかに、指先ほどのガラスの小瓶が入っていた。蓋がしてあり、中には細かな砂が詰めてある。目を近づけて確認したが、防水シートの下にあった砂とは異なるようだ。

西条は証拠品保管袋に、財布と小瓶をしまい込んだ。

ほかのフロアも見せてもらったが異状はない。礼を言って、ふたりは光村と別れた。

「どうも引っかかるな」西条は篠宮に話しかけた。「財布に入れておくぐらいだから、あの砂の小瓶は大事なものだったはずだ。それなのに落とし主は探しに来なかった。もしかしたら、何かの事件に巻き込まれて、探しに来られなかったんじゃないだろうか」

「怪しいとは感じますが、ちょっと早計じゃありませんか？」篠宮は懐疑的だ。

「俺は現場の『違和感』を重視する。あるはずのものがない。ないはずのものがある。そういう現場には、事件の芽が隠れているんだよ」

篠宮はしばらくひとりで考えていたが、やがてこちらを向いた。

「たしかに、窓ガラスを割って誰かが侵入したのなら、放ってはおけませんね」

「早速、聞き込みを始めよう」

相棒を促して、西条は歩きだした。

3

西条と篠宮は灰島ビルの東側、九階建てのマンションに向かった。

一階には企業の事務所や店舗が入居している。クリーニング店を訪れ、昨夜不審者を見なかったかと訊いてみたが、知らないということだった。隣の雑貨店でも同様の回答だ。

居酒屋の本部事務所があった。社員の池中《いけなか》という男性が、聞き込みに応じてくれた。

「いつも午前零時ぐらいまで事務所にいますが、特に気がついたことはありませんでしたよ」

「昨夜もその時刻までいましたか？」

「ええ。ただ、午後十時から十時半の間は、売上金の回収に出かけていました」

「隣のビルの暗室に、砂やごみ、小銭入れが落ちていたんですが、何か知りませんか」

「そうなんですか？　何だろう。気になりますね」

居酒屋本部の隣は、建築設計事務所だった。そこで、こんな情報が得られた。

「昨日、夜十時ごろですかね、うちの裏——灰島ビルの東側で、木の枝が擦れるような音が聞こえました。風が吹いていましたけど、そのせいで葉が揺れたという感じじゃなくて、がさがさと枝を動かすような音でした。野良猫かな、と思ったんですけど」

灰島ビルの東側と西側にはマサキが植えてある。その枝が動いたということだろう。

「幽霊のようなものを見ませんでしたか。白くて、ゆらゆら動くものです」と篠宮。

「え？　いえ、そういうものは見ていませんが」戸惑った様子で、相手は答えた。

設計事務所を出て、西条たちは灰島ビルの北側に回り込んだ。そのブロックには民家が集まっている。昨夜の出来事について質問すると、北西に位置する家で、先ほどと同様の証言が出た。

「夜十時過ぎだったかしら。ビルのほうから何か音がしましたよ」その主婦は、庭に落ちた紙くずやレジ袋を拾いながら言った。「木の枝をかき分けるような音でしたね」

「誰かが忍び込んで、木のそばで何かしていたんでしょうか」篠宮がささやく。

西条は黙ったまま灰島ビルを見上げた。強い風のせいで、窓ガラスが揺れているのがわかった。


昼食後、西条たちは灰島ビルの西側にある、タウンハウスに向かった。

南北に長い造りで一、二、三、五号室があったが、表札が出ているのは二軒だけだった。一号室の貝沼《かいぬま》は留守のようだ。一軒おいて、三号室のチャイムを鳴らすと、男性が顔を出した。年齢は六十代後半だろうか。ブランドもののカーディガンを着ている。

「小野寺《おのでら》さんですね？」篠宮は警察手帳を呈示した。「少しお話をうかがいたいんですが」

「刑事さんが聞き込みに来るなんて初めてですよ。どうぞ上がってください」

小野寺は話し好きな人物らしかった。こちらにとっては好都合だ。部屋に上がらせてもらった。

不動産業者の光村が話していたとおり、玄関の脇に二階への階段があった。

「上は物置代わりになっていますが、今は掃除もしないような有様です。昔は女房が、ベランダで野菜を作っていたんですがね。……四年前に亡くなってしまって」

西条と篠宮は、一階のベランダに面した居間に通された。落ち着いた雰囲気の和室で、鴨居の上には欄間がある。畳の上に、渋い印象の和家具が並んでいた。

隣の洋室には北欧製の家具もあるという。小野寺は元会社役員で、今は個人投資家として利益を得ているそうだ。住まいはこぢんまりしているが、かなりの資産家らしい。

「夜は毎日、知り合いのバーに顔を出しています。私も出資していますので、共同経営者なんですがね。閉店までつきあいますから、帰宅するのは午後十一時半ごろかな」

昨日も遅かったが、不審な人物は目撃していないということだった。

ベランダから外を見せてもらった。専用の庭に、花壇と、作りかけの芝生がある。

「いいお庭ですね」西条は言った。集合住宅としては立派なものだ。

「芝生はまだ、やりかけですがね。完成が楽しみですよ」小野寺は笑みを浮かべている。

フェンスを越えたところにはマサキが、その二メートル先には灰島ビルの壁が見えた。ビルの向こうには立体駐車場とマンションがあるはずだが、ここからは見えない。

西条はベランダの手すりから身を乗り出した。左右を見たあと、小野寺に尋ねた。

「ご近所の方について、何かご存じですか」

「……貝沼さんはちょっと酒癖が悪くてね。残業で会社を出るのが遅いけど、毎日飲んでくるんだと話していました。あの人は、午前零時より早く戻ることはないですね」

「二号室と五号室は空き部屋ですよね」

「ええ。二号室にいた松坂《まつざか》さん夫婦は三カ月前、そこの九階建てのマンションに引っ越しました。真面目そうな夫婦なんですが、旦那さんは苦労人という感じでしたね。……五号室にいたのは宝田《たからだ》さんという人で、半年前に実家に戻りました。山口県だといったかな」

しばらく話を聞いたが、特に気になるような情報は出てこない。西条は協力への礼を述べた。

帰り際、壁のカレンダーが目に入った。二十日と二十五日に丸印が、二十八日に四角い印が付けてある。

「どうかしましたか?」篠宮が訊いてきた。

「いや」西条は小声で答えた。「給料日はまだ先だなあ、と思ってさ」

外に出ると、前方に不動産会社の車が停まっていた。西条は業者の光村に声をかけた。光村はこのあとマンションに客を連れてくるので、部屋をチェックしていたのだそうだ。

「お願いがあるんですが」西条は言った。「タウンハウスの空き部屋を見せてもらえないでしょうか。できるだけ多くの情報を集めたいものですから」

「そうですね……」光村は腕時計を見た。「いいですよ。十五分ぐらいでしたら」

五号室はリフォーム中だというので、二号室を見せてもらった。

内部は小野寺の三号室とまったく同じ構造だ。室内はがらんとしていた。前の住人の忘れ物だろうか、台所に丸椅子がひとつ置かれている。

「先輩、そこ……」うしろから篠宮の声が聞こえた。

はっとして西条は足下を見た。欄間の下に落ちていた埃《ほこり》を、うっかり踏みつけてしまったのだ。

「ああ、まいったな」西条はぼやいた。「新しい靴下なのに……」

窓を開け、ベランダから外を眺めてみた。正面に灰島ビルの壁が迫っているのも、三号室と同じだ。しかし小野寺宅とは違って、こちらの庭には雑草しか生えていない。

二階の部屋も見せてもらった。階段は思ったよりも傾斜がきつい。上にもベランダがあったが、目に入るのはビルの壁ばかりだ。

「この辺りの物件について、もし何か気がついたら連絡をいただけますか？」

西条はそう言って、光村にメモを手渡した。

4

午後三時半。西条たちはタウンハウスのそばにある児童公園に入っていった。砂場で子供を遊ばせながら、母親たちが立ち話をしている。

「すみません。梶川警察署の者ですが、ちょっと話を……」

篠宮が警察手帳を見せると、母親たちは警戒するような顔になった。

協力してくれるよう頼んだが、彼女たちの口は重い。しまいに篠宮は音を上げた。

「駄目です。あの人たちからは情報が取れそうにありません」

「そんなことはないさ。やり方の問題だよ」

西条は携帯電話を取り出した。協力者の庄司照代に架電し、あることを依頼した。

十分ほどして、電話の着信メロディーが聞こえた。茶髪の母親が携帯電話を取り出す。通話を終えると、彼女はこちらに話しかけてきた。

「……あの、西条さんですか？」

「そうです。お手数ですが、捜査にご協力いただけないでしょうか」

庄司照代のネットワークで、母親たちの知り合いを探してもらったのだ。ママ友たちはこの時刻、公園に誰がいるかを心得ている。知り合いからこの母親に電話をかけてもらい、西条たちの身元を保証してもらったというわけだ。

「昨夜、灰島ビルに誰かが出入りした、という話を知りませんか?」西条は尋ねた。

彼女たちは何か相談を始めた。やがて茶髪の母親が誰かに電話をかけ、情報を得たようだ。

「夜九時ごろ、男性がビルに入っていくのを見た、という人がいますね。長いロープを肩に掛けていたんですって。わかったのは、それぐらいですけど」

「なるほど。……ほかに、このへんの住人について、何かご存じのことはありませんか」

噂ですけど、と前置きをしてから、茶髪の母親は話しだした。

「タウンハウスに住んでいる貝沼さんは、三号室の小野寺さんからお金を借りているらしいんです。小野寺さんはけっこうきつい人で、返済が遅れたペナルティーとして、貝沼さんにあれこれ命令しているって聞きました。休みの日に、車の運転をさせるとかね」

「先輩、あのカレンダー」篠宮がささやいた。「二十八日に四角い印が付いていましたよね。借金の返済日だったのかもしれませんよ」

続けてその母親は、以前二号室に住んでいた松坂夫妻のことを教えてくれた。

「あのご夫婦、今は九階建てのマンションに住んでいますけどね、奥さんの美和子《みわこ》さんは毎日夕方に出かけて、夜遅くにならないと戻ってこないんですよ。それから、ひと月ぐらい前かな、美和子さんが貝沼さんと一緒に歩いているのを見ちゃって……」

「貝沼さんと?」これは予想外だった。「ご主人にしてみれば、気になる話でしょうね。……ご主人の松坂さんは何をしている人ですか」

「たしか、高級家具の販売店に勤めているはずです」

西条は篠宮と顔を見合わせた。小野寺の部屋にあった家具を思い出したのだ。

「松坂さんのご主人といえば……」別の母親が言った。「先週、小野寺さんに頼まれて、庭に芝を植えていましたよ。園芸用品も全部、松坂さんが用意したみたいです」

おそらく松坂にとって、小野寺はいい顧客なのだろう。家具を買ってもらう礼として庭仕事を手伝っていたのではないか、と西条は思った。


カフェに入って、状況を整理することにした。

ウエイトレスがやってきて、西条の前にあんみつと緑茶のセット、篠宮の前にモンブランとコーヒーのセットを置く。

「あの、すみません」西条は言った。「これね、逆なんですけど」

「あ……失礼しました」

ウエイトレスは、注文の品を出し間違えたことに気づいたようだ。

西条はケーキを、篠宮はあんみつを食べ始めた。

「なんでいつも間違えられるんだろうな」フォークを使いながら西条は言った。「俺があんみつみたいな甘ったるいものを、食べるわけがないのに」

「先輩、知らないでしょう。洋菓子のほうがカロリーは高いんですよ。食べすぎると確実に太りますからね」

「うるさいな。俺は頭を使うから、高いカロリーが必要なんだ」

人心地つくと、西条はメモ帳を開いた。書き取った内容を見ながら考え込む。

「出入りしたのがすべて同一人物だったとすると、こうなるな。そいつは夜九時ごろロープを持って灰島ビルに入り、一旦外に出て、十時四十五分ごろ布団袋らしきものを運び込んだ。十一時ごろには誰かを背負って出ていった。……なぜこんな行動をとったんだろう」

「それから、十時ごろにビルの東側と西側で、木の枝の音がしていますね。どちらも風のせいではなさそうです」

西条は腕組みをして唸った。

「事件が起こるには三つの要因がある。犯罪に適した場所、その周辺にいる人物、そして犯行につながる動機だ。隠れた事件を見つけ出すには、人間関係を調べなくちゃならない」

「でも先輩」篠宮は言った。「警察は探偵社とは違います。慎重に行動すべきです」

「捜査を怠ったせいで、大きな事件が起こることもあるんだ。俺は後悔をしたくない。だからこの件を調べる。……賛成できないなら、おまえだけ署に戻ってもいいぞ」

篠宮は驚いたような顔をしたが、すぐに首を横に振った。

「一緒に行きますよ。先輩ひとりじゃ心配ですからね」

おまえに言われたくないよ、と思ったが、西条は黙っていた。

午後四時十分。西条たちは九階建てのマンションに入り、松坂宅を訪問した。

松坂美和子は色の白い女性だった。年齢は西条より少し下、三十五、六歳というところだろう。彼女は玄関に立ったまま、不安げな顔でこちらを見ていた。

「梶川署の西条と申します。隣のビルに人が出入りしたという情報がありまして、この周辺を調べています」

灰島ビルのことなどを一通り質問したあと、西条は話題を変えた。

「以前、タウンハウスに住んでいましたよね。隣の貝沼さんとは、おつきあいがありましたか？」

美和子の表情が変わった。動揺を隠しているように見える。

「……いったいこれは何の捜査なんです？　私が何かしたとおっしゃるんですか」

「いえ、そういうわけじゃありません。最近、警察では防犯にも力を入れていましてね。市民のみなさんを守るため、身近なところから情報収集をしているんです」

「じゃあ、さっさと済ませてください」投げやりな口調で、彼女は言った。

西条は質問を再開した。タウンハウスでトラブルはなかったか、このマンションに越してきてからはどうか、町内で気になる噂を聞いたことはないか。そのあと、こう訊いた。

「ご主人は引っ越されたあとも、小野寺さんとつきあいがありますか?」

「ええ。転職後、販売成績がよくなかったころから、いろいろ買っていただいて……」

「転職されたんですね。以前はどこに勤めていたんですか」

「エレベーターのメンテナンス会社です。事情があって退職して、今は家具の販売会社にいます」

そうですか、とうなずいたあと、西条は何気ない調子で尋ねた。

「奥さんも働いていらっしゃるんですよね。夜、お出かけになっているとか」

「パートです。……あの、用事がありますので、そろそろ帰ってもらえませんか」

「ああ……わかりました」

最後に西条は、室内に目を走らせた。壁のホワイトボードに予定が書かれている。

青いマジックで《月火金……20～24》とあり、赤いマジックで《月～金……19～25》とあった。テーブルに目を転じると、薬局で出す白い紙袋が置かれている。

「奥さん。ご主人のお戻りは何時ごろですかね」

「今日は仕事で遅いんです。お会いできないと思います」

西条たちは玄関の外に出た。礼を言う間もなく、ドアは閉ざされてしまった。


午後五時が近づくと、辺りはだいぶ暗くなってきた。灰島ビルを離れ、西条たちはあるホームセンターに向かった。ビルの暗室で見つけた伝票に、この店の名が記されていたのだ。

店員に伝票の切れ端を確認してもらった。

「十日前、二十キロ入りの砂を四袋買ったお客様がいます。前日に来店したときは在庫がふたつしかなかったので、別の店から取り寄せるため、この伝票を発行したようですね」

担当者にその客の外見などを尋ねたが、男性だったことしか覚えていないという。防犯カメラのデータは一週間しか保存されないので、もう消えてしまっているそうだ。

難しい顔をして、西条たちは店を出た。

「砂を八十キロ……」篠宮は首をかしげている。「セメントでも練ったんでしょうか」

西条の頭に、嫌な想像が広がった。遺体をコンクリート詰めにして隠すというのは、裏社会の人間がよく使う方法だ。しかし、あのビルからは何も出てこなかった。

突然、携帯電話が鳴りだした。液晶画面を見ると、安達《あだち》係長からだ。

「おい西条！　この前の報告書はどうなってるんだ」怒気を含んだ声が聞こえた。

「係長。じつはですね、俺たちは今まさに、事件の芽を見つけたところで……」

「いいから、戻ってきて報告書を出せ。話はそのあとだ」

いきなり電話を切られてしまった。西条は顔をしかめて、小さく舌打ちをした。

5

「捜査員である前に、おまえは組織の人間なんだ」指先で机を叩きながら、安達係長は言った。「いいか。ルールが守れないような奴を、面倒見るわけにはいかないぞ」

安達は色黒だが、傍目《はため》にも顔が赤くなっているのがよくわかる。

十分ほど説教を受けて、ようやく西条は席に戻ることができた。

「今後は注意してくださいよ」篠宮が言った。「僕らは署のお荷物らしいですから。先輩もそう言ってましたよね」

「嫌みを言うなよ。……あの言葉は撤回する。俺たちも、自分の仕事に誇りを持たないとな」

「ホコリだとか、そんな吹けば飛ぶようなものはいりません。我々に必要なのは実績です。国重《くにしげ》署長だって、そう考えているはずですよ」

犯罪防止班は生活安全課の防犯係に所属しているが、上司の安達係長は捜査の指揮を執っていない。県警本部の命で設置された犯罪防止班は、国重署長の直轄部署なのだ。

「あれ？　西条さんが事務処理をしてるなんて、珍しいですね」

総務の高塚恵利《たかつかえり》がやってきた。いただきものだと言って、署員に饅頭《まんじゅう》を配っている。

恵利は安達係長のお気に入りだ。安達は表情をやわらげ、彼女に話しかけた。

「高塚ちゃん、この前のあれ、どうだった？」

「あ、どうもありがとうございました。うちの弟、すごく喜んでます」

「そうかそうか。高校生だし、鉄道ファンだというから、ぴったりだと思ったんだよ。たまたまテレビで見て、すぐに注文したんだ。鉄道会社も、面白い発想をするよなあ」

そんな雑談を聞いていると、気が散って仕方がない。西条は席を立った。

休憩室でひとりコーヒーを飲んでいると、篠宮がやってきた。

「報告書、今日中に終わりますか？」自販機に硬貨を入れながら、彼は訊いてきた。

「残業だな。終わったら、帰りに何か食っていこうか。駅前に出来た、スペイン料理の店なんてどうだい」

「それより灰島ビルの件、このあとどうします？」

腕組みをして、西条は低い声で唸った。

「……どうも、あのビル自体が、巨大なブラックボックスのように思えるんだよな。何か隠されているんじゃないだろうか」

「たしかに、僕も気になりますが……」篠宮も考え込む。

西条は窓の外に目をやった。暗くなった町に、無数の明かりが見える。商業地区の華やかな電飾、まっすぐに伸びた駅の照明、住宅街に灯る暖かな橙色《だいだいいろ》。

西条は篠宮のほうを向いた。

「あのビルは、何か大きな事件に関係しているような気がする。もう少し聞き込みを続けないか？　篠宮にも手伝ってほしい」

「わかりました。明日も岩下二丁目ですね」篠宮はうなずく。

「朝駆けをしよう」西条はコーヒーを飲み干した。「朝六時半、現地に集合だ」

6

十一月九日、金曜。一昨日から吹いていた風も、ようやくおさまっていた。

早朝から、西条と篠宮はタウンハウスを訪れた。

チャイムを鳴らし続けると、眠そうな声がインターホンから聞こえた。警察官がやってきたと知ると、相手は絶句した。ややあって四十代の男性が出てきた。

「何かあったんですか?」貝沼二朗《じろう》は、怪訝そうな顔をしていた。

「朝からすみません。昨日お会いできなかったもので」西条は笑みを浮かべてみせた。

「一昨日の夜、隣のビルに誰か侵入したという情報があって、捜査をしています」

大きな事件ではないと知り、貝沼はほっとしたようだ。彼はこちらの質問に答えてくれた。

「隣のビルのことは何も知りませんよ。俺は独身で、夜帰ってくるのも遅いし……」

「失礼ですが、三号室の小野寺さんから、お金を借りているそうですね」

「よく知ってますね」貝沼は意外だという顔をしたが、気分を害した様子はなかった。

「まあ、隠すことでもないか。……世話になっておいて何だけど、あの人に借金なんか、するんじゃなかったですよ」

車を運転させられたこともあり、小野寺にいい感情は持っていないらしい。

「松坂さんの奥さん――美和子さんとは、親しくなさっているんですか」

無遠慮な質問だが、今一番訊きたいのはそのことだった。

「先月、たまたま外で見かけて、少し一緒に歩いただけですよ。あの人、月曜から金曜の夜、駅前のスナックで働いているんです。俺はそこの常連で、よく話をしているから」

なるほど、と西条は納得した。松坂宅にあったホワイトボードの赤い文字《月～金……19～25》は、スナックの勤務予定だったのだろう。

「店では、客と一緒にけっこう酒を飲みますからね。酔った奥さんから、いろいろ聞いていましたよ。あのマンションに引っ越したあと、旦那さんは急なリストラで会社をクビになったそうです。隣町にある家具の会社に再就職したんだけど、生活が苦しいもので、会社の仕事のあと、週に三回アルバイトをしているとか。駅の向こうの物流センターだって言ってましたね」

ホワイトボードの青い文字《月火金……20～24》はそのことを表していたわけだ。

「それから、ご主人は以前、神経科のクリニックに通っていたみたいですよ。リストラのことや何かで、いろいろ心労があったんじゃないかな」

松坂宅に薬の袋があったことを、西条は思い出していた。

貝沼の部屋を辞去したあと、西条たちはマンションに移動して、松坂宅のチャイムを押した。

松坂辰夫《たつお》は面長で、顔色の悪い男性だった。スーツ姿で出てきたかと思うと、そのままエレベーターのほうに歩きだす。迷惑だという調子で、彼は言った。

「これから出勤なんです。時間がないんですよ」

「歩きながらでけっこうですから」

西条と篠宮は、松坂に続いてエレベーターに乗り込んだ。

駅までの道すがら、西条は質問を続けた。そのうち、周囲の目を気にしたのか、松坂は足を止めた。不機嫌そうな顔をしながら、道端で聞き込みに応じてくれた。

「隣のビルに誰が出入りしていたかなんて知りませんよ。私には関係ありません」

「噂で聞いたんですが、あなたは小野寺さんの家で芝生作りをしていたそうですね」

「家具を買ってもらったお礼ですよ。……何ですか。小野寺さんがどうかしたんですか?」

「いえ、そういうわけじゃありません」西条は首を振った。「話は変わりますが、奥さんもアルバイトをなさっていますよね。駅前のスナックで」

ええ、まあ、と松坂は答えた。急に歯切れが悪くなった。

「奥さんが貝沼さんと一緒に歩いていた、という話はご存じですか」

「……あなた方はいったい、何を調べているんです?」強い調子で松坂は言った。「市民の弱みを握りたいんですか。これ以上つきまとうなら、出るところに出ますよ」

顔を強ばらせて、松坂は足早に去っていった。

夕方まで聞き込みを続けたが、これといった収穫はなかった。

「幽霊らしきものを見たというHARUも、見つかりませんね」篠宮は唸っている。今の時点で、警察ができることには限りがある。事件でもないのに、プロバイダーからHARUの個人情報を聞き出すことは不可能だ。

マンションのそばを歩いていると、男性に声をかけられた。

「また聞き込みですか」居酒屋本部の池中だった。「毎日、大変ですね」

出かけるところらしく、彼は立体駐車場のスイッチを操作していた。下段の車が地下へ沈んでいき、上段中央の黄色いワゴン車が、ゆっくりと下りてきた。この目立つ車は、居酒屋本部の営業車両だったのだ。

池中は車に乗り込んだ。景気よくエンジンをふかす。

排気ガスが心配だな、と西条は思った。立体駐車場の裏は灰島ビルの敷地なのだ。

「刑事さん。今夜あたり、うちの店で一杯どうです?」池中は笑顔を見せた。

「このへんは車上狙いが多いですから、気をつけてください」と篠宮。

黄色い車を見送ったところへ、携帯メールの着信音が聞こえた。画面を確認すると、安達係長からの連絡だ。
《昨日の報告書に間違いあり。至急戻って訂正せよ！》
西条はひとりため息をついた。

基準となる数字を間違えていたため、過去に遡《さかのぼ》って十枚ほど訂正しなければならなかった。西条は口をへの字に曲げて、書類を直していく。今日も残業になりそうだ。

篠宮はパソコンで何か調べていたが、やがて、あ、と声を上げた。

「先輩、見てください。砂です、砂」

何だよ、と言いながら西条は立ち上がる。パソコンの画面を覗き込んで、思わず目を見張った。そこには、ずっと気になっていた品が表示されていたのだ。

「よく見つけたな。……至急確認しよう。安達係長はどこだ？　総務の高塚さんでもいい」

署内を駆け回って、一階にいた高塚恵利を見つけた。

「高塚さん。昨日、安達係長と鉄道の話をしていたよね。もしかして、これのことか？」

西条は証拠品保管袋を差し出した。そこには、灰島ビルで拾った砂の小瓶が入っている。

「あ、はい」恵利はうなずいた。「瓶の形は違うけど、同じような商品だと思います」

これは、鉄道会社が受験のお守りに売り出した「滑り止めの砂」だったのだ。高校生だという恵利の弟は、この冬に受験を控えているのだろう。

「問題は、誰があのビルで『滑り止めの砂』を落としたか、ということだ。おそらく受験生か、その関係者だな。しかし、大事なものだろうに、なぜ拾いにこなかったのか……」そこまで言って、西条ははっとした。「そうか、わかった！　篠宮、刑事課だ！」

刑事課の部屋に駆け込んで、谷田部をつかまえた。彼は以前、西条の世話になったことがある。だからこちらの頼みは断れない。

「昨日、岩下一丁目に行っただろう。空き地に予備校生が倒れていたんだよな？」

「そ……そうですが、それが何か」事情がわからず、谷田部は戸惑っている。

「予備校生は別の場所で襲われて、空き地に運ばれたんじゃないのか」

「たしかに、その可能性はあります。……被害者は空き地の近くに住む喜多川《きたがわ》雄也《ゆうや》、十九歳。頭を殴られ、今も意識不明の重体です。妹の話では、彼は深夜にときどき家を抜け出していたとか。息抜きだと言って、煙草や酒を持って、どこかに忍び込んでいたようです」

「つながった！」西条は篠宮の肩を叩いた。「喜多川雄也が忍び込んでいたのは、二丁目の灰島ビルだよ。背負われて、運び出されたのは彼だったんだ。市民の話が役に立った」

確証はないが、可能性は高いと言っていいだろう。

「そうだ。市民の話といえば……」

篠宮は刑事課の部屋を出た。西条もあとに続く。

自分の席でパソコンを操作していたが、篠宮は何か見つけたようだった。

「この前の掲示板に、ＨＡＲＵから新しい書き込みがあります。状況を詳しく教えてほしい、と僕が頼んでおいたんですよ。『白い幽霊のようなものが見えたのは、西側の庭だった』と、これはいいですよね。ええと、『木のそばではなく、ビルの壁のそばに浮かんでいた』そうです。『本当に幽霊かと言われると、ちょっと自信がない。もしかしたら、ごみか何かだったのかも』……なんだか、あやふやですね」

いや、待てよ、と西条は思った。昨日、灰島ビルの北西に住む主婦が、庭で紙くずやレジ袋を拾っていたのを思い出したのだ。一昨日、水曜の夜はかなり風が強かった。

「レジ袋か布きれが引っかかって、幽霊のように見えたのかもしれない」

「……レジ袋？　なんだ、そんな落ちですか」篠宮は肩を落とす。

だがそこで、西条は何かを感じた。負傷した予備校生。ビルの暗室にあった砂。運び込まれた布団袋。建物の東側と西側で聞こえた、木の枝の音。そして宙に浮いていた白いもの。それがレジ袋や布きれだったとしたら、いったいどこに引っかかっていたのだろう。HARUによれば、白いものは壁のそばに浮かんでいたという。だとすると、マサキの枝に絡まっていたわけではない。

そのとき、突拍子もない考えが頭に浮かんだ。驚くようなことだが、可能性はある。

「おい、今日は金曜だよな？」西条は腕時計を見た。

まもなく午後九時半になるところだ。西条は慌てて立ち上がった。

「タウンハウスの二号室を調べたとき、欄間の下に埃が落ちていただろう。それから、灰島ビルで聞こえたという、木の枝が擦れるような音。『未遂犯』はある実験をしていたんだ。最大の手がかりは、あの砂とロープだったんだよ」

「どういうことです？」篠宮は、訳がわからないという顔をしている。

「出かけるぞ」西条は言った。「俺たち防止班の手で、この事件を防ぐんだ」

7

「西条さん、本当に事件が起こるんですか？」車の中で、鶴野圭子が訊いてきた。

「証拠もないのに、私たち刑事課が動くなんて、普通じゃ考えられないことですよ」

「行けばわかる。……谷田部、そこで停めてくれ」

西条は覆面パトカーから降りた。篠宮、圭子、谷田部があとに続く。

目的地は、灰島ビルの隣にあるタウンハウスだった。篠宮が一号室を、西条が三号室をノックする。応答はなかった。どちらも施錠されていて、ドアは開かない。

「庭に回ろう。急げ！」西条はみなに呼びかけた。

思ったとおりだった。マサキの向こう、灰島ビルの窓から緑色のロープが延びている。ネットフェンスの下をくぐってタウンハウスの敷地に入り、ベランダの手すりを越え、三号室の中に引き込まれていた。

非常事態だ。西条はベランダに上がり、ガラス戸を開けて三号室に飛び込んだ。壁を手探りして明かりを点ける。和室に布団が敷かれていた。

ロープは宙を走って鴨居に掛けられ、そこから真下に落ちていた。先端は輪になり、寝ている小野寺の首に掛かっている。このままロープが引かれれば、首吊りになる仕掛けだ。

「小野寺さん、わかりますか？　警察です」

揺すっても目を覚まさない。ローテーブルには、ウイスキーやつまみが置いてあった。

「谷田部、救急車を呼んで！」圭子が命じた。

「はい、班長」谷田部は携帯電話を取り出す。

西条と篠宮は、小野寺宅の二階に上がった。東向きの部屋は物置同然の状態で、窓にはカーテンが掛かっている。調べると、掃き出し窓の錠は開いていた。

「未遂犯は、この家に来たことのある人物だ」西条は言った。「隙を見て二階に上がり、錠を開けておいたんだ。そして事前の準備のため、ここから忍び込んでいたんだろう」

一階に下りると、応援の警察官が到着していた。

西条は篠宮と圭子を連れて再び庭に出た。無人ビルへと延びているロープを指差す。

「ロープは緑色で、ビルの庭には樹木があった。ネットフェンスの下を通っていることもあって、人目につかなかったんだ。もちろん、暗かったからという理由もある」

「西条さん。いったいこれは何なんです？」圭子が低い声で尋ねた。

「『自動殺人装置』だよ。何者かが小野寺さんを、自殺に見せかけて殺害しようとしたんだ。……水曜の夜、未遂犯は『予行演習』をした。夜十時ごろ、灰島ビルの東側と西側で、木の枝を擦るような音が聞こえたそうだ。それから、西側の庭で白い幽霊のようなものが目撃されている。その正体はこれだ。ロープが張られたとき、マサキの枝を擦ったため、がさがさと音がした。そして、風で飛ばされたレジ袋などがロープに引っかかり、白い幽霊のように見えたんだ」

西条たちは灰島ビルに入り、ミニライトで中を照らした。西の窓から引き込まれたロープは、カーペットの下に潜り込んでいる。フロアを横断し、東の窓からさらに外へと続いていた。

ビルを出て、三人は東に進んだ。ロープはマンションの敷地まで延びている。立体駐車場で、ようやくその先端が見つかった。ロープは上段中央の、パレット後部に結びつけられていたのだ。そこには、居酒屋本部の黄色いワゴン車が停めてあった。

「これは、パレットにロープを引っ張らせる仕組みだ」西条は説明した。「タウンハウスから灰島ビルを通り抜けて、立体駐車場までは一直線だ。以前はビル内の会社が邪魔だったが、無人になったことで、この仕掛けが可能になった。あのビルは、言ってみれば『空っぽのブラックボックス』だったんだ。

未遂犯は水曜の夜にテストをしたあと、一旦仕掛けを回収したと思う。そして昨日、木曜の夜にあらためてビルへ侵入し、カーペットの下にロープを這《は》わせたんじゃないだろうか。西側、東側の余ったロープもうまく隠したに違いない。そうしておかないと、誰かに見つかってしまうからな。これは、本番直前の作業を短時間で終わらせるための準備だった」

事前にできることは済ませておいた、というわけだ。西条は話を続けた。

「今日の夕方、未遂犯は三号室を訪ね、小野寺さんと酒を飲んだ。もちろん彼が外出しないよう、あらかじめ約束をしていたはずだ。小野寺さんが眠ったあと、布団を敷いて彼を横たえ、灰島ビルへ移動した。このときにはもう、外は暗くなっていただろう。

　未遂犯はカーペットの下からロープの両端、余った部分を引き出した。東側は、立体駐車場まで延ばした。駐車装置の骨格には、水平にわたされた鉄骨が何本かある。下の鉄骨をくぐらせ、上に延ばして高い位置の鉄骨に引っかけて向こうに落とす。Ｓ字状になるわけだ。その先端を、上段中央のパレット後部に結びつけた。駐車装置にはメンテナンス用のはしごがあるから、上段に上ってロープを結ぶのは難しいことじゃない。

　続いて西側だ。ロープを延ばしてタウンハウス三号室、一階のベランダに入れた。小野寺さん宅に戻って窓を開け、ロープを室内に引き込む。鴨居の上を通して、先端に輪を作り、小野寺さんの首に掛ける。最後に玄関を施錠して、ベランダから外に出たんだろう」

　そういえば、と篠宮が言った。

「居酒屋のワゴン車は毎晩、午後十時から十時半の間に使われるんでしたね」

「そのとおり。普段、池中さんはパレットを上段に上げている。車を使うためパレットを下げると、ロープが引かれる。無人ビルの中では、カーペットの下からロープが姿を現す。タウンハウスで眠っていた小野寺さんは、首吊り状態になる。午後十時から十時半まで、ずっと宙吊りのままというわけだ。夜遅いから、下段の車が使われる可能性はほとんどない。未遂犯は指一本使わずに、小野寺さんを殺害できるんだよ。

水曜の夜、白い幽霊らしきものは十時十五分ごろに目撃され、十時四十分ごろには消えている。十時半にワゴン車が戻ってきたから、ロープはたるんで地面に落ちたんだ。その弾みに、引っかかっていたレジ袋などのごみは、どこかに飛ばされてしまったんだろう」

「誰がこんな、手の込んだ仕掛けを……」圭子は眉をひそめて西条を見た。

「さあ、未遂犯のところへ行こう」西条は車のほうに歩きだした。「ヒントは、ビルの中にあった、あの砂だ」

8

「急にお邪魔して申し訳ありません」西条は相手に向かって頭を下げた。「ですが、とても大事なお話があるんです。明日までは待てなかったものですから……」

「いったい何なんです。私は忙しいんですがね」相手は言った。

「では手短に済ませましょう。今日の夕方、あなたは小野寺さん宅に行って、彼を眠らせましたね？　そして首吊りの仕掛けを準備したあと、立ち去った。今こうして別の場所にいるのだから、小野寺さんが死亡する時刻、あなたにはアリバイが出来ます。いや、最終的に自殺だったと判断されれば、あなたが疑われる可能性はゼロになるというわけです。

殺害後の、あなたの計画はこうだったんでしょう。夜遅くに、立体駐車場からタウンハウスまでロープを巻き取り、回収する。ロープを適当な長さに切って、首を吊ったあと鴨居からほどけたように偽装する。また、ほかの部屋から椅子を運んできて、あの和室に転がすつもりだった。そうすれば、自殺するとき椅子を蹴倒した、と見えますからね。

一昨日の水曜、あなたは二号室でテストをしましたよね。灰島ビルにロープを運び込み、今日と同じ要領で仕掛けを作った。その上で、午後十時から十時半の間、被害者を模したおもりが首吊り状態になるかどうかを試した。部屋の構造はどこも同じだから、二号室で行ったテストは、そのまま三号室でも使えます。一号室の貝沼さんも、三号室の小野寺さんも、帰宅するのは深夜なのでテストに支障はない、とあなたは考えた。……おもりにしたのは、ホームセンターで買った砂でしょう。布団袋に詰め、紐で形を整えるなどした。二十キロの砂四袋のうち、三袋分で六十キロ。成人男性に近い重さになります。

今回の仕掛けの利点は、被害者の体を持ち上げたり、死後、下ろしたりせずに済むことでした。不安定な状態で遺体を下ろせば体力を使うし、自分の毛髪などの遺留品を残すおそれがある。それをしなくて済むのだから、非常によく出来た殺害計画ですよね」

西条は相手の反応をうかがった。黙ったまま、その人物は床の染みを見つめている。

「これに気づいたきっかけをお教えしましょうか。二号室に置いてあった丸椅子ですよ。あれは鴨居の状態を確認するとき使ったものですね？　本番のとき、小野寺さん宅に適当な踏み台がなかったら、その丸椅子を転がしておくつもりだったんでしょう。それから、テスト用のおもりを鴨居にぶら下げるとき、あなたは床に埃を落としてしまった。これは大きなミスでした。

水曜の夜、あなたはこの昇降テストの様子を、灰島ビルで見守っていたんだと思います。布団袋がうまく持ち上がり、床に下ろされることを確認した。ロープを巻き取って回収し、二号室から布団袋を引きずってきて、ビルに戻った。これが十時四十五分ごろのことです。あのビルの暗室にはごみが散乱しているから、砂を捨てるにはちょうどいいと考えたんですよね？　捨てている途中、伝票の切れ端が落ちたが、あなたは気がつかなかった。

その作業をしている最中か、あるいは床のカーペットを元に戻しているところへ、喜多川という予備校生が現れたんでしょう。彼は以前からあのビルに侵入して、煙草を吸ったり酒を飲んだりしていたんだと思います。あなたは驚いて、予備校生を殴打し、気絶させた。暗かったため顔は見られずに済んだでしょうが、このとき彼の小銭入れが落ちた。……そのあとあなたは、予備校生を背負って岩下一丁目の空き地へ運びました。灰島ビルで被害者が見つかったら、警察が捜査を行い、金曜に本番が実行できなくなる可能性があったからです。

このように、一連の計画で重要な役目を果たしたのは、砂とロープでした。その両方に深い関わりを持つ人物は誰かと考えたとき、あなたのことが頭に浮かんだんですよ」

相手は怪訝そうな顔でこちらを見た。西条は続けた。

「先週あなたは小野寺さん宅の庭に芝を植えていましたね。園芸用品も全部、あなたが用意したらしいと聞きましたが、そこには砂も入っていたんじゃありませんか？　芝を植えるときに砂を使うということを、私は今日になって思い出しました。……あなたはホームセンターで買った砂八十キロのうち、一部を芝生の作業で使った。しかし残りの六十キロ程度、すなわち人間ひとり分は、自由に使うことができたんです。

そしてもうひとつ、ロープについて。あなたは昔、エレベーターのメンテナンス会社に勤めていたそうですね。エレベーターのケージを吊すロープからの連想で、あの自動殺人装置を思いついたんじゃありませんか。そうでしょう、松坂さん」

西条たちの前にいたのは松坂辰夫だった。ここは彼のアルバイト先の物流センターだ。倉庫の前には大型のトラックが何台も停車している。

「アルバイトは月火金だから、水曜は時間が自由になったはずです。タウンハウスの二号室は、まだ錠が交換されていなかったんでしょう。以前住んでいたときに作った合鍵で、あなたは部屋に入り、テストをした。そして今日、小野寺さん宅を訪れて彼を眠らせた。アルコールだけで相手が簡単に眠るわけはありませんよね。おそらく酒に睡眠導入剤を混ぜたはずです。その薬は以前、神経科のクリニックで入手したものだと思います。

家具販売会社の仕事が終わるのは、夕方五時ごろでしょうか。会社は隣町なので、五時半ごろには小野寺さん宅に着く。彼を眠らせるまで一時間、殺人の仕掛けをするのに一時間として、七時半には片がつきます。アルバイト先はここ、駅の反対側の物流センターですから、勤務開始の八時には充分間に合ったはずですね。

テストの翌日、我々警察が灰島ビルを調べ始めました。あなたは警戒したでしょうが、本番の日程をずらせない理由があった。半月前、近々無人ビルの内装工事が始まると貼り出されました。今までのんびり構えていたが、あなたは慌てて準備を進めたのだと思います。テストができたのは今週の水曜でした。来週月曜に工事が始まれば、この計画は実現できなくなる。そしてアリバイを作るためには、あなたは月火金のいずれかでこの計画を実行しなければならない。だから、警察の動きは気になったでしょうが、金曜である今夜、本番を行うしかなかったんです。

当初私は、奥さんが荷担している可能性も考えました。しかし美和子さんは水曜にもスナックで働いている。だからこれは、あなたがひとりで計画したことだと推測しました」

松坂の顔面は蒼白だった。しばらく周囲を見回していたが、やがて彼は、観念したように頭を垂れた。

「小野寺は本当にひどい男だったんです」

唇を震わせながら、彼は告白した。

松坂はマンションに転居したあと、親戚から多額の借金を肩代わりさせられた。夜のアルバイトを始め、妻にスナック勤めをしてもらっても、返済が追いつかなかった。それで小野寺から金を借りた。小野寺のカレンダーに丸印が付いていたのは二十日と二十五日だったが、一方は貝沼の給料日、他方は松坂の給料日だったのだ。

取り立てが厳しく、松坂は小野寺を恨んでいたという。

「返済が遅れたときにはペナルティーを科せられました。庭に芝を植えるよう命じられたんです。小野寺は私につまらない仕事をさせて、あざ笑いました。それだけじゃない。こんなことを言ったんです。あんたの奥さんなら、今よりも割のいい仕事ができるはずだ。意地を張らずに、もっと稼いでくれるよう頼んだらどうだ、と。……許せませんでした」

圭子が眉をひそめていた。何か言おうとしたが、言葉を呑み込んだようだ。

「最初のうち、ターゲットは貝沼さんだと思っていたんです」西条は言った。「彼はあなたの奥さんと親しくなっていた可能性があります。あなたには面白くないことだったでしょうからね」

今朝、出勤時に彼が不機嫌だったのは、そのせいもあったのではないだろうか。

「……松坂辰夫さん、署までご同行いただけますか?」圭子が尋ねた。

松坂はゆっくりと息を吸い、それから力なくうなずいた。

9

篠宮は朝から愚痴をこぼしている。

「昨日の事件は、明らかに犯罪防止班の手柄ですよね。それなのに、どうして刑事課に、いいところを持っていかれてしまうんですか? 僕は納得できません」

「取調べは刑事課の仕事だから、仕方ないさ」

「このままでは、我々は空気のような存在になってしまいます」篠宮の鼻息は荒い。「詳細な報告書を作って、署長に提出しましょう。きちんと評価してもらうんです」

それは頼もしいな、と言って西条は苦笑する。

「……西条先輩」あらたまった調子で、篠宮が話しかけてきた。「僕は先輩のことを誤解していたようです。昨日の一件には驚かされました。本当は切れる人だったんですね」

「ここに来る前、俺は刑事だった。たぶんその経験が、今の捜査に役立っているんだろう。俺に言わせれば、事件を未然に防ぐのも刑事の仕事だと思うんだけどね」

「先輩の口から、そんなかっこいい台詞が出てくるとは……」

「まあ、リアルな情報網のおかげだな」西条は椅子の背もたれに体を預けた。「おまえもパソコンなんかやめて、聞き込みの訓練をしたほうがいいんじゃないの？」

「いや、それとこれとは話が別です。今の時代、ＳＮＳさえ使えない西条先輩のような人は、いずれ行き場を失って困ることに……」

「防止班、調子はどうだ」うしろから男性の声が聞こえた。

はっとした表情で、篠宮が立ち上がった。西条も椅子から腰を上げる。

署長の国重耕介《こうすけ》が近づいてきた。目が細く、眉が薄いせいで、少し冷たい印象がある。本来であれば、巡査部長の西条などが直接話せる相手ではなかった。だが、この犯罪防止班は国重の直轄部署なのだ。

「刑事課長から聞いた。ひとつ成果を挙げたそうだな」

「はい。今、報告書を作成しているところです」背筋を伸ばして篠宮が答えた。

「あとで提出してくれ」国重はうなずいた。それから西条のほうを向く。「……少しは、やる気になったのか？」

「私はいつも、やる気充分です」西条は言った。「自分に適した仕事があれば、ですが」

国重はかすかに笑みを浮かべた。

「しばらくはここにいろ。過ぎたことは早く忘れたほうがいい」

西条の脳裏に、一年前の出来事が浮かんだ。ある事件について、八歳の少女が目撃証言をしたのだ。だが、ほかの聞き込みに追われていたせいで、西条は彼女の証言を軽んじてしまった。その結果、あらたな被害者が出た。西条は責任を問われ、殺人捜査の第一線から外された。今もまだ犯人は捕まっていない。

その事件が発生したのは、ここ梶川市だった。

――梶川署で仕事をしていれば、いつか犯人にたどり着けるかもしれない。

もしかしたら、と西条は思う。あの事件と犯罪防止班の設立とは、何か関係があるのだろうか。いや、それは考えすぎか。

携帯電話が鳴りだした。西条は液晶画面をちらりと見る。ネタ元のひとりからだった。

「邪魔をしたな。仕事に戻ってくれ」国重は踵《きびす》を返した。

一礼してから、西条は電話の着信ボタンを押す。女性の声が耳に飛び込んできた。

「あ、西条さん？　ちょっと気になる噂があるんだけど、話してもいいかしら」

西条は椅子に腰掛け、メモ帳を手元に引き寄せた。

「もちろんですよ」明るい調子で西条は言った。「犯罪の防止に役立つかもしれません。情報提供、よろしくお願いします」

文字盤

長岡弘樹

長岡弘樹（ながおか・ひろき）
一九六九年山形県生まれ。二〇〇三年「真夏の車輪」で小説推理新人賞を受賞しデビュー。〇八年「傍聞き」で日本推理作家協会賞（短編部門）を受賞。一三年に刊行した『教場』は週刊文春ミステリーベスト10　２０１３国内部門第１位を獲得。

1

寺島俊樹《てらじまとしき》は、周囲に人気《ひとけ》がないのを確認してから、目出し帽を被《かぶ》った。

コンビニの自動ドアを開け、店内に入る。

レジカウンターの向こう側にいる店員は、初老の男だった。年齢は六十を超えたぐらいか。ボールペンを持ち、カウンターに屈《かが》み込んでいる。

「いらっしゃいま――」

顔を上げた店員は、こちらと目が合うと、口を開けたまま固まった。

寺島は、まっすぐレジに向かった。まだ棒立ちになっている店員と向き合う。彼の胸元に目をやると、ネームプレートには『店長　うちむら』と書いてあった。

その内村に、寺島は隠し持っていたナイフの刃先を向けた。

「喋《しゃべ》るな」

内村が半歩ほど後退《あとずさ》る。

寺島は内村の手元を見た。いま書いていたのは伝票のようだ。

「レジ」と寺島は短く続けた。「開けろ」

このとき店内に電話の鳴る音がした。音はレジ横の事務室から聞こえてくる。

すると内村は、手にしていたボールペンを伝票の上に走らせ、文字を書きつけた。

寺島はその紙に目を落とした。

【でていいか】

と書いてあった。達筆だった。走り書きだが、はっきりと読める。

内村はボールペンを手放し、今度はしきりに事務室の方を指さし始めた。

その仕草で、【でていいか】の意味するところが明確になった。いま鳴っている電話に応答してもいいか、と内村は訊《き》いているのだ。

その問いかけに、寺島はイエスともノーとも答えなかった。ただナイフの刃先をもう一段階前に突き出し、「レジ」と「開けろ」だけを繰り返した。

内村がレジを開けた。

電話はまだ鳴り続けている。

寺島はカウンター越しに手を伸ばした。そして、レジにあった一万円札を三枚鷲掴《わしづか》みにすると、入ってきたドアから急いで外に逃げた。

足を止めたのは、店を出て十メートルばかり走ってからだった。

寺島は体の向きを変えた。目出し帽を脱ぎながら店内に引き返し、たったいま奪ったばかりの三万円を内村の手に返してから訊《たず》ねた。

「こんな感じでしたか」

受け取った紙幣をレジにしまいながら、内村が答える。

「そんな感じでした」

「犯人の台詞《せりふ》に間違いはありませんでしたか？『喋るな』、『レジ』、『開けろ』――本当に、これだけしか言わなかったんですか」

「ええ」

このコンビニで強盗事件が発生したのは一昨日《おととい》――二月二十三日の夜十一時半ごろだ。まだ三十時間と少ししか経《た》っていないから、記憶は確かだろう。

だが――。

寺島は内心で舌打ちをしていた。たった三語とは、手がかりとして物足りない。捜査をするこちらとしては、犯人が饒舌《じょうぜつ》であればあるほどありがたいのだ。犯行時、ホシが残した言葉は、呟《つぶや》きの声の一つですら、刑事にとっては宝となる。

気がつくと、いまだに電話の音が鳴ったままだった。寺島は事務室のドアに向かって声をかけた。

「おい、もういいぞ」

後輩の太田《おおた》が事務室から出てきた。手に携帯を持っている。その終話キーを太田が押すと同時に電話の音も途絶えた。

「主任、どうっスか」

太田の問いかけに、寺島は渋面で応じた。

防犯カメラに記録されていたとおり、いま自分は犯人の動きを忠実になぞってみた。そのつもりだった。だが、どこかが映像と違っていたような気がしてならない。その「どこか」がうまく説明できないのだ。

店内の時計を見やると、時刻は午前六時四十分だった。

気が急《せ》いてきている。

この店は二十四時間営業ではない。午前零時から午前七時までは閉まっている。その閉店時間を利用し、被害者の内村にも協力を仰ぎ、犯行を再現してみたまではいいが、このまま手ぶらで帰ったとあっては何の意味もない。

「さすがの『寺島式』でも駄目っスか」

太田の心配そうな表情に嘘《うそ》はなかった。いまの言葉は決して皮肉ではないようだ。

徹底して当事者の立場に身を置くことで、見えなかったものが見えてくる。だから目撃者の証言や防犯カメラの映像などを元に、犯人や被害者になりきり、彼らが動いたとおりに演じてみる。――こうした自分の捜査方法には自信を持っていた。

刑事になってからまだ十五年にしかならないが、そのあいだに、このやり方で挙げたホシの数は四十を超えていた。暴いた証言の矛盾なら倍の数だ。正直、県警本部が『寺島式』とでも命名し、正式な捜査法として採用してもおかしくはないとさえ思っている。

「いや、見えてきた」

そう、『寺島式』は今回も健在だった。秒を追うごとに、目の前を覆っていた靄《もや》のようなものが消え、さっきまで分からなかった「どこか」の正体が、いまでは、はっきりと摑めるようになっていた。

開店の時間が迫っているせいか、内村はそわそわした様子だ。だが寺島は構わずに言った。

「店長。もう一度見せてもらいますよ、防犯カメラ」

太田を伴って事務室に入り、録画装置の再生ボタンを押した。

犯人が入店する少し前から見始める。

音声が記録されていないのは難点だが、画質は悪くなかった。人物の目の動きや表情までよく分かる。

カウンターで伝票を書く内村は、不必要に体を揺らしたり、短い間隔で何度も時計を気にしたりと、落ち着かない様子だ。もっとも、まもなく孫が生まれるとあっては無理もない。

事件のとき事務室で鳴った電話は、孫の誕生を告げる家族からの連絡だった。生まれたらすぐにかかってくる手筈《てはず》になっていたのだ。

だから強盗に刃物を突きつけられようが何だろうが、内村としては、受話器を取りたくてたまらなかった。そこで、あのような走り書きまでして、犯人に頼み込んだわけだ。

やがて画面の中に、目出し帽を被った犯人が登場した。内村に凶器を向ける。身のこなしからして、若い男であることは間違いない。体の線が全体的に細いから、二十代前半といったところか。あるいは、もっと下かもしれない。

内村が伝票に【でていいか】の文字を書き、事務室の方を指さした。

「いいか、犯人の目の動きだ。よく見てろ」

太田に注意を促してから、寺島は自分も映像を凝視した。

目出し帽の人物は、内村が書いたメモに視線を向けた。

それをいったん内村へと戻す。

それからもう一度メモを見た。

そしてまた視線を内村へ戻してから、刃物の先端を一段階前に突き出した。

犯人がレジに手を伸ばしたところで、寺島は映像を止めた。

「どうだ。気づいたか？」

「ええ。メモを見た回数っスよね。二回見てました」

「そうだ。それに見ていた時間もおかしい」

「時間、スか？」

「つまり長さってことだ。もう一度再生するから、犯人が何秒間メモに目を向けていたのか、ちょっと計ってみてくれ」

映像を早戻しし、いまと同じシーンを画面に流した。

「最初は三秒ぐらいっスね」腕時計の秒針を確認しながら太田が言った。「二回目も同じく三秒っス。——ってことは六秒間も、この犯人は店長の書いたメモを見ていたことになりますね」

寺島は頷《うなず》いた。

「長すぎる。で、て、い、い、か。たった五文字の平仮名なら、一秒ぐらいで認識できるはずだ」

「まして店長の字、めっちゃきれいだし」

「ああ。もっとも、犯人はカウンターの外側から見たわけだから、字は上下が逆さまに見えていたはずだ。だから、もしかしたら読み取りに三秒ぐらいはかかったかもしれない。だけど、それでも二回は見る必要がないだろう」

「ええ。なにしろ、店長からどんな反撃がくるか分からない場面ですからね。そんなに長いあいだ、じっと文字を気にしてるってのは、やっぱおかしいっスよね」

寺島は事務室から顔を出し、開店準備で店内を動き回っていた内村を呼んだ。

「店長、もう一度訊きますが、犯人は外国人という感じではなかったんですよね」

「ええ。それはまず考えられないですよ」

目出し帽から覗《のぞ》いた肌の色も、目の色も、喋り方も、全部日本人のものだった。

——すでに何度か繰り返した証言を、内村はさすがにうんざり気味の顔で口にした。

「つまり日本語は理解できた……と」太田は顎《あご》に手をやった。「ほかに、文字をじっと見つめなきゃいけないわけってありますかね?」

「もしかして、犯人は迷ったんじゃないか」

「迷った……ってのは?」

「内村店長を電話に出させてあげようか、どうしようか、迷ったんだよ」

今度は太田が渋い顔をする番だった。

「そりゃ不自然でしょう。だって強盗やってる最中ですよ」

「たしかにそうだが、もしこの犯人が、店長の家庭の事情を知っていたらどうだ。あのとき鳴った電話が孫の誕生を知らせるものだと知っていたら」

「……なるほど。情が芽生えた、ってことっスか」

「ああ」

「でも、どうかなあ」

「あらゆる可能性に当たるのが刑事の仕事だろ。すぐ店長から交友関係を聴取しろ」

実のところ、自分でも、いささか無理があるように思えてならない。だが、ほかに解釈のしようがない以上、まずはこの線に食い付いてみるしかないだろう。

「ほら、動けよ」

ぐずぐずしている太田の肩を叩《たた》いた。と同時に、上着のポケットで携帯電話が震え出した。

《寺島くんですか》署長の佐伯《さえき》だった。《朝早くからご苦労ですね。どうです、コンビニの件は？　ホシの見当はつきましたか》

鎌込《かまごめ》署の規模は県下十七署のうち最小だ。署員の数は五十人に満たない。そうした理由もあって、佐伯は常に、部下の動きを一人ひとり細かく把握している。

「はい。二十歳《はたち》前後で、被害者の店長とは面ありの男。その辺を洗ってみようかと思っています」

《そうですか。まあ『寺島式』もけっこうですが、周りに迷惑をかけずに捜査を進め

てください。——ところで、彼の話はもう耳に入っていますか》
「彼？　誰のことですか」
《末原《すえはら》くんですよ》
「末原……。あいつが、どうしたんです？」
《昨日、退院して、自宅に戻ってきたそうです。つまり、ようやく面会ができるということです》
「そうですか。初耳でした」
末原稔《みのる》——。同期の警察官であり、昔からの親友でもある。
その末原が交通事故に遭ったのは三か月ほど前だった。運転していた車に大型トラックが突っ込んできたのだ。
事故後、彼は病院のベッドで、ずっと昏睡《こんすい》状態にあった。意識を取り戻したのは一週間前だ。しかし検査のため、面会はできない状態が続いていたところだった。
《寺島くん、きみが忙しいのは承知していますが、午前中に、末原くんの家へ行ってもらえませんか。例の件がどうなっているのか、様子を見てきてもらいたいのです》
「……はい」
《では、報告を待っています》

2

線路沿いの道に車を停《と》めた。ここから末原の家までは、ちょっと歩かなければならないが、ほかに路駐できる場所がないのだからしかたがない。

寺島は、車を降りる前に携帯電話を開き、先ほど受けたメールをもう一度呼び出してみた。

【来ていただけませんか　末原】

受信時刻は午前九時半だった。佐伯の電話からほぼ三時間後に、今度は当の末原の方から面会を望んできたわけだ。丁寧な言葉遣いになっているのは、妻の満知子《まちこ》が代理で打ったものだからだろう。

末原の用件は何なのか、考えるまでもなかった。彼の念頭にあるものと、いま佐伯が気を揉《も》んでやまないものは、完全に一致しているはずだ。

末原の家を目指して通りを歩いていると、目に入ってきたのはゴミの集積所だった。路肩に積み上げられた多くの袋。その中身につい視線がいってしまうのは職業病というやつだろうか。勤務時間の何十分の一かはゴミ漁《あさ》りに費やされる。それが刑事という仕事の特徴の一つだ。

袋は完全な透明ではないから、内容物も薄《うっす》ら形が分かる程度にしか見えないが、袋の内側に密着したゴミならばその限りではない。

思わず立ち止まってしまったのは、ゴミ袋の一つに、興味深い中身を見つけたからだった。

その場で開けてみようかとも考えたが、近所の目もある。いったん立ち去り、まずは末原宅のチャイムを押した。

「お久しぶりです、寺島さん。ようこそいらっしゃいました」

顔を出した満知子に挨拶を返し、家に上がった。

廊下を奥へ進む途中、彼女に訊いてみた。

「どうですか、あいつの様子は」

「はい、末原はそれなりに元気なんですけれど、息子の方が……。引き籠もりっていうんですか。あの事故以来、ほとんど部屋から出てこない状態で」

末原の息子、順也《じゅんや》の青白い顔を、寺島は思い描いた。

「今日は寺島さんがお見えになるから、挨拶ぐらいはしなさいと言ってあるんですが……」

やはり部屋から出てこないかもしれません。満知子は頭を下げ、事前に非礼を詫《わ》びてから、こちらを居間に通した。

久しぶりに会う親友は、部屋の中央に設置された電動ベッドの上に横たわっていた。

「よう、末原。おれが誰だか分かるか」

寺島が声をかけると、満知子が透明なアクリル板を持ってベッドサイドに近づいた。板には「あ」から「ん」までの平仮名と数字などが書き入れてある。それを末原の前にかざし、満知子は一語一語、文字を読み上げた。

――げ、ん、き、か、て、ら、じ、ま。

末原の全身は麻痺《まひ》している。動かせるのは眼球だけだ。また、喉頭部にも裂傷を負ったため、声が出せない。そのことは寺島も事前に聞いていた。

知らなかったのは、コミュニケーションを取る方法だった。こうした文字盤を見るのは初めてだ。どうやら、患者が見つめた文字を、反対側から介護者が、患者と視線を合わせることで読み取っていく仕組みになっているようだ。

「なるほど、そうやって会話をしているんですね」

「ええ、これが一番手軽ですから。全身の筋肉が動かなくなってしまう難病があって、その患者さんがよく使っている方法なんです」

それにしても、読み取るのは難しくないのだろうか。介護者側からは文字が反転して見えるわけだから、慣れるまで少し戸惑うのは確かだろう。

寺島は末原に視線を戻した。

「おれはまあ、なんとか元気にやってるよ。さっきはメールをありがとうな。——ところで末原、おまえ、記憶は大丈夫なのか」

また満知子が文字盤を読み上げて応答する。

——か、ん、ぺ、き、だ。な、ん、で、も、お、ぼ、え、て、い、る、よ。

記憶が、残っていた。しかも完全に……。

正直、驚きだった。一般的に昏睡状態というものは、三週間が一つの区切りだと言われている。つまり昏睡したまま三週間経っても目を覚まさなければ、あとはもうずっとそのままになってしまう場合が多いのだ。

三週間どころか三か月後に意識が戻り、なおかつ記憶が完全に保たれているというのは、かなり稀《まれ》なケースではないだろうか。

引き続き末原の目が動いた。その視線を追いながら満知子が通訳を続ける。

——い、ま、ど、ん、な、じ、け、ん、を、お、つ、て、い、る、ん、だ。

「コンビニ強盗だよ、一昨日の晩のやつ。テレビで見たろ」

——ね、つ、と、で、み、た。

寺島はベッドの枕元に目をやった。ノート型のパソコンが置いてある。「ネットで見た」。鎌込署のサイトで見たわけだ。

管轄内で強盗事件などが起きた場合、防犯カメラの映像があれば、それを署のサイトですぐに公開している。

加えてあの映像は、昨日、全国のニュースでも放映された。だから、これから多くの情報が寄せられるはずだった。ありがたいことだが、反面、ガセネタに振り回されることにもなるだろう。

そんなことを考えていると、階段から足音がした。二階から誰かが下りてきたようだ。

やがて十七、八歳の少年が居間の入り口に顔を見せた。

順也だ。

満知子の顔が変わった。ほっとしつつも驚いている。その表情から、彼女が息子の顔を見たのはずいぶん久しぶりのようだと窺《うかが》い知れた。

「こんにちは」

こちらに向かって頭を下げた順也の様子からは、引き籠もりという先入観があるせいだろうか、日陰で育った植物がついに萎《しお》れたところ、とでもいったような印象を受けた。

「もう大丈夫なのかい」

事故に遭ったのは末原だけではない。順也もだ。

当時、順也は市街地の本屋でアルバイトをしていた。事故の日は、バイトをずる休みしたいと言い出したらしい。それを知った末原が彼を叱り、無理やり車に乗せ、本屋まで送り届けようとした。その途中であの事故が起きたのだ。

おまえが人の道を外れてしまうことが、父さんは何よりも怖い。——そう言い聞かせて息子を育ててきた末原だからこそ、バイトのずる休みすらも、そう簡単に見逃すわけにはいかなかったわけだ。

「はい。もう」

順也は頭に軽く手をやり、短く答えた。

助手席に乗っていた彼は、頭を強打し、数日間、意識を失っていた。だが、いま見るかぎりでは、なるほど体に異常はなさそうだ。

「それ、ぼくがやる」

順也は、満知子が持っていた文字盤へ手を伸ばした。

いままでこんなことは一度もなかったのだろう。息子に文字盤を手渡した満知子の表情は、さらに驚きの度合いを増した。

「母さん、寺島さんにお茶。ぼくにもね」

はいはい、と台所の方へ退く満知子を見送ってから、寺島は末原の耳元に顔を近づけた。

「ところで末原、おまえ、ずっとベッドの中じゃあ退屈だろう？　犬でも飼ったらどうだ。チワワとかプードルとか、部屋の中で飼えるやつだ。可愛《かわい》いから、見ていて飽きないぞ」

　末原が眼球を動かした。

　満知子から交替した順也が、文字盤に目を向けながら口を開く。

　──そ、れ、も、い、い、な。

「本当か？　本当に飼う気があるのか？」

　──う、ん。か、い、た、い、ね。

　寺島は一度深く息を吐き出すと、今度は末原ではなく、順也に向かって話しかけた。

「試験はもう余裕ってわけかい」

　去年高校を卒業した順也は、本屋でバイトをする傍ら、町役場の職員になるため、採用試験の勉強もしているはずだった。試験は今年の夏に行われる予定だ。

「……いいえ」

「じゃあ、本を捨てちゃまずいだろう」

　順也は、初め何を言われているか分からない、という顔をしていたが、やがて合点したらしく、落ち着きなく目を伏せた。

　寺島は先ほど目にしたゴミ袋を思い描いた。ある袋から透けて見えていたのは一冊の本だった。表紙に書かれたタイトルは『一般常識問題集』。公務員試験の参考書で、年度は来年のものだった。

この近所で、あの類の本を所持しているのは、順也ぐらいしか考えられないだろう。引き籠もりだと満知子は言っていたが、ゴミ出しぐらいはするようだ。

いや、そんなことよりも不思議だったのは、参考書の表紙がカッターのようなもので滅茶苦茶《めちゃくちゃ》に切り裂かれていたことだ。普通の行為ではない。

試験までまだ半年もあるのだから、もう合格をあきらめてしまったとは考えにくい。だとしたら、何か腹に据えかねることでもあって、あの本に八つ当たりでもしたということか……。

満知子が持ってきた茶に一度だけ口をつけ、寺島は腰を上げた。

「邪魔したな、末原。また来るよ」そして最後に、もう一度だけ繰り返した。「本当に犬を飼うつもりなんだな？」

――そ、の、う、ち、か、う、よ。

文字盤に目を向けながら、順也が代わりに答えた。

3

署の前にある広場には、近くの住民が大勢集まっていた。

うるさくてしょうがない。万引き防止キャンペーンがスタートするのは大いにけっこうなことだ。しかしそのために、一日警察官などと称して、地元出身のプロ野球選手をわざわざ呼ぶ必要がどこにあるというのか。

寺島が署長室に入っていくと、案の定、佐伯は姿見の前に立っていた。髪形を整えながら、胸につけた署長記章の位置を気にしている。

「署長。例の件ですが――」

午後からのイベントに出席する準備を進める佐伯に、寺島は鏡を介して続けた。

「末原にはうたう気がないようです」

〝例の件〟とは裏金のことだ。

県警の裏金問題が表面化したのは、半年前――去年の夏だった。秋には、市民オンブズマンが起こした監査請求を受け、すべての署に県の調査が入った。二か月をかけた調査の結果、県下十七署のうち、十六署で裏金作りが確認され、多くの警察職員が処分を受ける事態となった。

ただ一箇所シロだったのが、この鎌込署だった。

しかし、実はここでも、幹部の主導で密《ひそ》かに裏金作りが行われていたのだ。そのダーティワークを無理やりさせられていたのが、警務課で会計を担当していた末原だった。

県の監査が入る、との情報が流れた直後から、佐伯は末原に口を閉ざすよう迫った。末原さえ黙っていれば、バレないと踏んだのだ。

末原は迷った。不正を隠すべきか。それとも、辞職する覚悟で、裏金作りの実態を監査委員に伝えるべきなのか。

彼は、親友である寺島に悩みを打ち明けた。

すると、その動きを察知した佐伯が、今度は寺島に、末原を黙らせておくよう命令してきた。

友人と上司のあいだで板ばさみになった寺島は、結局、権力を持つ方に屈した。末原と接触しては、彼の動向を逐一、佐伯に報告するようになったのだ。

しかし、早い段階から末原は、裏金作りの証拠となる文書を封筒に入れ、懇意にしている地方紙の記者に預けていた。さらには、ひとこと連絡をすれば記者がそれを開封し報道する、といった段取りをつけていた。

——もしも、うたうと決めた場合は、その前に、必ずおれに教えてくれ。

寺島としては、そう末原と約束を取り付けることで、ふいの告発に対する予防線を張っておくのが精一杯だった。

末原が事故に遭ったのは、そんな矢先だった。

結果、末原の口は閉ざされたかたちとなり、鎌込署だけがシロとなった。

佐伯は組織の中で大いに株を上げた。いまでは、次の定期異動で本部の部長に昇進することが確実視されているほどだ。

「寺島くん、それは確かなんでしょうね」

「ええ。絶対に間違いありません。二回確かめましたから」

――犬でも飼ったらどうだ。

あの問いかけは、かつて末原から相談を持ちかけられたときに思いついた符牒《ふちょう》だった。「犬」は「警察」を意味している。

裏金作りをうたう、すなわち告発するつもりなら、その問いかけに対する答えは「飼わない」だ。組織をはねつけるということだ。

反対に、黙っているつもりなら、答えは「飼う」である。

そうした取り決めも、二人のあいだで交わされていた。

「寺島くんが言うなら間違いありませんね」

末原とは子供のころからの付き合いだ。いままで彼に嘘をつかれた経験は一度もない。こうした関係を知っていたからこそ、佐伯はこちらに目をつけてきたのだろう。

佐伯のことだ、末原がうたうと決意した場合の懐柔策も、きっと何か考えていたに違いない。だが、そんな話は知りたくもなかった。どうせ汚い手に決まっている。

「まあ、何にしても安心しました。あとはコンビニ強盗を早く捕まえるだけですね」

もう行け、というように佐伯は軽く手を上げた。

署長室を辞した寺島は、喫煙室へ立ち寄った。一か月我慢した煙草《たばこ》だが、こうまで気分がぎすぎすしては、どうしても吸わずにはいられなかった。

立て続けに何本か灰にしたあと、残りを手で握りつぶし、屑籠《くずかご》の中に叩きつけた。

末原は裏金作りを告発しない——それを知って、自分もいま、胸のどこかで正直ほっとしている。そして相変わらず、佐伯のような男に取り入ることで、この田舎署から本部に引き抜いてもらおうとしている……。

苛々《いらいら》が収まらず、煙草を捨てた屑籠を一度蹴りつけてから、寺島は喫煙室を出た。

刑事課の部屋へ戻り、課長の永瀬《ながせ》に簡単な報告を済ませたあと、その辺を漁り、要らない段ボール箱と透明ラップを探した。

するとと太田が近寄ってきた。

「いま、内村店長の交友関係を洗ってますけど、やっぱ見込み薄《うす》っスね。まず若い男ってのがほとんどいませんから」

「もっとよく調べろ」

太田を押しのけ自分の席に着くと、段ボールを切って四角い枠を作った。それにラップをぴんと張り、マジックで縦横の線と五十音の平仮名や数字を書き入れる。

そうして文字盤を拵《こしら》えると、今度はこちらから太田を捕まえ、その使い勝手を試してみた。相手の視線を読み取るのは、思ったより簡単だった。反転した文字にもすぐに慣れた。なるほど、こんなものか。

早々と興味を失い、寺島は文字盤を屑籠に放り込もうとした。

その手を途中で止めたのは、脳裏で何かがつながったのを感じたからだった。

「太田……」

「はい？」

「もう一度カメラの映像を見せてくれ」

太田がポータブルのＤＶＤプレイヤーを準備した。中に入っているディスクには、コンビニの事務室にあった映像と同じものがダビングしてある。

「今度こそ摑めたんスね」

「……ああ、たぶんな」

「何です」

「もしかしたら、犯人には分からなかったんじゃないのか」

「分からない？　何がスか？」

「理由だよ。内村がなぜ【でていいか】という文字を書いたのか。犯人にはその理由がまるで分からなかったのさ。六秒間もメモを見なきゃならなかったのは、その理由をじっと考えていたからだ」

こちらの言葉をよく理解できないでいる様子の太田に、寺島は小銭を押し付けた。

「悪いが、ちょっとそこの薬局まで行ってきてくれ」

4

目出し帽を被ってコンビニに入る前、今日もまずは、念入りに周囲を見回した。この作業を怠ると、こちらを本物の強盗と間違って警察に通報する者が出てこないともかぎらない。

『寺島式』が優れた捜査法だとの信念に揺るぎはないが、こうした余計な心配をしなければならない点については改良の余地がありそうだ。

「喋るな」。「レジ」。「開けろ」。カウンターに歩み寄り、内村に向かって口にした言葉も一昨日と同じだった。

内村が伝票の余白にボールペンを走らせて書いた文字も、その達筆ぶりも、四十八時間前と変わらない。

ただ、自分の発した声が、耳の中でやけにくぐもって聞こえているところが少し違っている。そしてもう一点、決定的に異なっているのは電話の音だった。

聞こえない。

いま太田が事務室の電話を鳴らしているはずだが、その音がまるで耳に届かないのだ。

太田を薬局へやって買ってこさせた耳栓は、それほどしっかりと耳の穴を塞いでいる。あたかも海の底にでもいるような気分だ。ともすれば、拳銃の射撃練習時に使用するイヤープロテクターよりも遮音性が高いのではないか。

その耳栓をした状態で、寺島は内村の書いた文字を見た。

そして実感した。なるほど、電話のコール音が聞こえなければ、【でていいか】と問われたところで、それがどういう意味なのか理解できるはずがない、と。

強いていえば、外に出ていいか、という意味には解釈できるだろう。だが、内村が指をさしている事務室のドアは、出入り口とは正反対の方向にある。だから【でていいか】の意味は、やはり理解できないのだ。

ならば、このメモを見てしばし考え込んでしまったとしても、それは十分に頷けることではないか。

事務室から出てきた太田が口を動かしている。寺島は耳栓を外した。

「どうっスか。『寺島式』による感触は」

寺島は耳栓を軽く放り上げてから、ぎゅっと摑んでみせた。

「決まりだな」

間違いない。犯人は耳が聞こえなかったのだ。

これで捜査の目途が立ってきた。昨日のうちに、若い男の聾者《ろうしゃ》をリストアップする作業を済ませている。いまからそのリストを、一行一行潰していけばいい。

内村の知り合い――この線は十中八九見当違いで、時間と労力を損してしまったが、それでもかなり早めに軌道修正ができた方だ。筋の読み違いなら、まだまだ酷《ひど》い失敗例がいくらでもある。

と、そこで今日も携帯が震えた。そして、かけてきた相手も一昨日と同じだった。

《またコンビニか》

ただ、佐伯の言葉遣いだけは、いつもと違っていた。

「はい」

《だったら、レジの横に今日の朝刊があるな。見てみろ》

内村にひとこと断り、スタンドから地元紙を抜き取った。

開いて、寺島は息を止めた。【やはりあった裏金　鎌込署員が告発】の見出しは、実際の倍ほどにも大きく見えた。

末原がうたった。封筒を預けていた記者に連絡を取ったのだ。

だが、馬鹿な。「犬を飼う」。一昨日、たしかに末原はそう答えたはずだ。

こめかみを流れた汗に、携帯が濡《ぬ》れた。
《どういうことだ。話が違うぞ。説明しろっ》
「……わたしにも分かりません」
《ふざけるな。おまえがどうにかするんだ。いまからすぐに末原の家へ行け。そして告発を撤回させろ。これはみな嘘だと言わせろ》
佐伯の声が上擦るのを聞いたのは初めてだった。
《何を黙っている。とにかく、まずは末原の家へ行け。ケチなコンビニ強盗なんぞ後回しでいい》
「……無理です」
《なに》
「もう遅すぎます。どうにもなりませんよ」
《おまえ――》
「わたしの仕事は、そのケチな強盗を捕まえることです。署の体面はあんたが考えればいい」
こちらから先に電話を切ったとき、胸がすっとした。その反面、ショックも受けている。本部入りの夢がほぼ消えたからではない。末原に嘘をつかれたからだ。
「あの……」

珍しくやけに申し訳なさそうな太田の声に、背後を振り返った。

「なんだ」

興奮と落胆のどちらをも押し隠したつもりだったが、声は見事に裏返ってしまった。

「犯人は、本当に耳が聞こえなかったんでしょうか」

「……どういう意味だ」

「いえ、たったいま気づいたんスけど、もし聾者だったら、発音に特徴があったはずでは、と思ったんですが……」

なるほど、言われてみればそうかもしれない。聾者の発音は、健常者のそれとは違っていることが多い。

寺島は内村に向き直った。

「店長、もう一回だけ訊きます。犯人が言った『喋るな』、『レジ』、『開けろ』の三つですが、発音に関して気になった点はありませんでしたか」

「いいえ、何も。まったく普通でしたよ」

もちろん聾者の発音にもいろいろあるから一概には言えない。だが内村の証言に従って普通に考えれば、やはり犯人の耳は聞こえていたと見た方が自然だろう。

振り出しに戻った。

だったら、いったい何なんだ？　メモを六秒間も見なければならなかった理由は。

そして、なぜ末原はおれに嘘をついた？

二つの疑問が脳裏で絡み合ったとき、重い疲れがどっと体に押し寄せてきた。まともに立っていられなくなり、寺島はたまらずカウンターに手をついていた。

5

「今朝の新聞を見たよ。よくやってくれた。あれでよかったんだと思う。――ありがとう」

末原の耳元に囁《ささや》いてから、寺島は顔を上げた。

窓から外を見やると、まだどうにか太陽は覗いている。だが、西の空はすでに暗い色の雲で厚く覆われていた。

今朝の記事では、末原の名はまだ匿名だった。しかし、地元紙以外のマスコミが、告発者を嗅ぎつけるのは時間の問題だ。間もなくこの家の近辺は記者連中でごった返すだろう。

それに、あと三十分もすれば一雨きそうだ。早く決着をつけておいた方がいい。

末原は瞳を目一杯右側に寄せ、こちらを見ている。

彼にあまり負担をかけるわけにはいかない。寺島はベッドに近づき、中腰の姿勢で続けた。

「ところで末原、いまからいくつか質問をする。忘れたなら忘れたでいいが、覚えているなら、絶対にちゃんと答えを言ってほしい。約束できるか？」

——イエス。

満知子が文字盤の隅に書かれた「ＹＥＳ」の文字をそのまま読み上げた。

その満知子の顔は少し上気しているようだ。末原から頼まれて地元紙の記者と連絡を取ったのは、おそらく彼女だろう。町を揺るがす大事件に自分も一役買ったとあれば、たしかに落ち着いてはいられない。

「じゃ、質問するぞ」

そう末原に向かって言ったあと、寺島は、満知子からやんわりと文字盤を取り上げた。

「すみません、奥さん。今日も順也くんを呼んでいただけませんか」

「はあ。でも」

「大丈夫です。わたしが来ていることを伝えていただければ、また必ず下りてきますから」

椅子から立ち上がる前に、満知子はほんのわずか眉根を寄せた。どうしてそう断言できるのかと訝《いぶか》っているのだ。

ほどなくして順也が二階から下りてきた。階段の上り口に立ったままの満知子は、あっけにとられた顔で、居間に入っていく息子の背中を見送っている。

挨拶もそこそこに、寺島は順也に文字盤を手渡した。

「悪いけど、通訳をお願いするよ。――で、末原。おまえ、鎌込署の前はどこにいたんだっけ？」

――な、か、が、み、し、よ。

父親の前に文字盤をかざした順也が答えた。

「そう。中上署だったよな。じゃあ、そのとき何課だった？」

――……け、い、む、か。

「もう一つ訊くぞ。おれたちの合言葉に出てくる動物は何だっけ？」

順也の口から答えは出てこない。

「どうした？」

――……わ、す、れ、た。

「そうか。――よし、もういいよ。末原、ありがとう」

寺島は立ち上がり、満知子と順也を交互に見ながら言った。

「まだ日が照ってますので、少し末原に日光浴をさせてやったらどうでしょうか。わたしが散歩に連れて行きます。――なに、その辺をちょっと回るだけですよ。雨が降ってくる前に帰ってきますから」

言うそばから寺島は、末原の体の下に手を差し込んでいた。

抱え上げてみて、その軽さに驚いた。長く昏睡していると、これほどまでに筋肉が落ちてしまうものか。

順也に手伝ってもらい、末原を介助用の電動車椅子に乗せ、居間を後にした。末原の体調が急変することもあるかもしれない。念のため、満知子に後ろからついてきてもらう。

外に出て、近所の小さな公園まで来ると、寺島は満知子をベンチに座らせ、しばらく末原と二人だけにさせてください、と願い出た。

そこからもう少し先まで車椅子を進ませ、砂場の近くで停止させた。ここなら満知子に声を聞かれる心配はないだろう。

「末原、もう一度、さっきと同じ約束をしてくれないか。いまから質問することに、嘘はつかないって」

顔の前に文字盤をかざすと、末原の目が「YES」に向いた。

「じゃ、また訊くけど、鎌込署の前はどこにいたんだっけ」

――な、か、が、み、し、よ。

「だったら、そのとき何課だった？」

――せ、い、あ、ん。

そのとおりだ。中上署時代、末原はずっと生活安全課に所属していた。警務課にいたことは一度もない。

「おれたちの合言葉に出てくる動物は何だっけ？」

――い、ぬ。

やはりか。

今朝、頭の中で渦を巻いた二つの疑問。その二つが合わさって、思いがけなく一つの答えが見えてきたときには、まさかと思ったものだ。しかし、いまの実験ではっきりした。見えた答えに間違いはない。

「戻ろう。満知子さんが待ってる」

寺島は車椅子の後ろに回り込んだ。ハンドルに片手を添えながら、もう片方の手で携帯電話を取り出し、あらかじめ打っておいたメールを呼び出す。

【末原宅を張れ】

その文面を太田宛てに送信した。できればしたくはなかったが、どうしても必要な措置だった。コンビニ強盗の犯人が逃亡するおそれは皆無とは言えない。

ベンチで待つ満知子が、こちらへ小さく手を振っている。その様子を見るにつけ、事故が奪ったものの大きさが改めて思い起こされた。

あの悲劇は、父親のみならず、その息子からも大切なものを奪っていったのだ。

ベンチが近づいてきた。満知子に聞こえないよう、寺島は囁き声で言った。

「悪かったよ。てっきり、おまえが嘘をついたとばかり思ってた」

末原ではなかった。嘘をついたのは順也だ。いや、嘘という言葉は正確ではないだろう。

――い、ぬ、は、か、わ、な、い。

末原はあのときそう答えたに違いない。しかし順也は、ある理由から、その答えを正確に通訳することができなかった。そこでしかたなく、咄嗟《とっさ》に思いついた、いい加減な返事を口にしたのだ。

「何か言いたそうにしてます」

ベンチまで戻ってくると、満知子は末原の顔を見ただけでそう言った。長く夫婦をやっていると、言葉は要らなくなるものか。

文字盤越しに聞いた末原の言葉は長かった。

――こ、ん、び、に、ご、う、と、う、の、は、ん、に、ん、が、わ、か、つ、た。

やはり末原も、あの六秒間の意味を解き明かしていたようだ。あの意味が分かれば、自分の言葉をでたらめに通訳した順也を、犯人ではないかと想定してみることは、それほど難しくはない。

「それは、もうこっちも摑んでるよ」

——お、れ、に、い、わ、せ、て、く、れ。

末原の気持ちはよく分かった。筋を通そうとしているのだ。たしかに、組織の不正を告発した以上、息子の犯行だけを黙っているわけにはいかないだろう。寺島は、これを満じ、ゆ、ん、や、だ、の順に動いていく末原の目を追いながら、知子にどう伝えればいいだろうかと考えた。

6

《悪いけど、もう一回だけ確認させてもらおうかな。勘弁してくれよな、順也くん。こういう書類にはね、絶対に間違いがあっちゃいけないから、何回も同じことを訊くんだよ。もう疲れたかい？》

《……大丈夫です》

《よし、じゃあ最初からだ。——あの事故に遭って、きみは、いまの〝状態〟に置かれてしまった、と。ここまではいいね》

《はい》

《きみの〝状態〟には、ご両親も気づいていたのかな？》

《まだ……だと思います》
《自分から正直に打ち明けようとは思わなかった？》
《ちょっとは……思いましたが……やっぱり……できませんでした》
《だから事故以来、ずっと部屋に引き籠もっていた、と》
《ええ》
《部屋では何をしていたの？　さっきの答えだと、周囲にバレてしまう前に、自分でいまの〝状態〟を治そうと、いろいろ試していたそうだけど、これに間違いないかい》
《はい》
太田の質問に答えたあと、順也は、隣室にいるこちらへ顔を向けた。何かを探るような目つきだった。いま自分を映している鏡がマジックミラーになっていることを知っているのかもしれない。
それとも単に、まだ落ち着きを取り戻せないでいるだけだろうか。昨晩逮捕されたばかりとあっては、たしかに動揺するなという方が無理だろう。
と、ノックの音もなく左側の扉が開いた。
「順調にいってるようだな」
廊下からの逆光で、入ってきた人物の顔がすぐには分からなかったが、その声から永瀬だと知れた。

永瀬は粒状の禁煙ガムを口に放り込み、一個を差し出してきた。寺島はそれを断り、席を立ちながら訊いた。

「課長の方は、どうだったんですか」

一つしかない椅子に腰を下ろした永瀬は、だるそうに首を回した。

「どうもこうも。マル被の気持ちがよく分かったよ」

記事が出た昨日、午後からさっそく県の監査が入り、署内からいくつもの段ボール箱が運び出された。今朝からは、課長以上の幹部が事情聴取を受けている。

「あいつら、痛くもない腹を探ってきやがった。身内だってのによ」

くちゃくちゃと顎を動かしながら、永瀬は机の上に足を放り出した。

どうやら捜査報償費の支出について、だいぶ突っ込まれたようだ。それもしかたがないだろう。裏金がどんな名目で作られるかと言えば、情報提供者への謝礼金という例が圧倒的に多いのだから。

「寺島、もうしばらくしたら、おまえも呼ばれるはずだ。知っていることは全部正直に答えてこいよ」

言ったあと、永瀬は自分の耳を指さした。

歳《とし》のせいか、このごろ難聴気味でな。先日耳にした彼のぼやきを思い出しながら、寺島はスピーカーのボリュームに手を伸ばした。つまみを右に回すと、息継ぎの音が混じるほど、太田の声が大きくなった。
《しかし、そう簡単には治らなくて、気持ちが追い詰められていった、と。同時に、父親にも憎悪を募らせていった。——そうだね》
《……はい》
《なるほど。事故の過失責任はトラックの側にあった。だけど、きみを無理に車に乗せたのはお父さんだからね。お父さんも大きな後遺障害を負ってしまったが、それでも許せなかった。うん、その気持ちは分からないでもないよ》
《………》
《だからお父さんが一番恐れること、つまり人の道を外れることを何かやってやろうという気になった。要するに、今回の強盗はお父さんへの復讐《ふくしゅう》だったんだね》
《……そうです》
《だけどお父さんには、自分が犯人だと知らせるつもりはなかった。言ってみれば、あれは自分だけの密かな復讐だった》
《はい》
《ところがいざ実行してみると、想定していなかったハプニングが起きた。コンビニの店長がメモを書いたことだ。あれできみはすっかり動揺してしまった》

《ええ》
《その様子が防犯カメラに記録され、全国に流れた。ならば、犯人がどういう〝状態〟にあるのか、いずれは誰かが気づいてしまう》
《はい》
《だから寺島刑事が――つまり警察が、きみの家に来たとき、これはいい機会だと考え敢《あ》えて二階から下りてきて、文字盤を使ってみせた。そうすれば、警察の目を、きみの〝状態〟から逸《そ》らせておけるだろうと思って》
《ええ》
《だけどそうしたせいで、お父さんには、きみがどういう〝状態〟にあるか、バレてしまったわけだ。それでもよかったの？》
《しかたありませんでした》
《背に腹はかえられないってわけだね。恐ろしいのは寝たきりの個人じゃなく、捜査力を持っている組織の方だ、と判断した》
《ええ》
《なるほど。よく分かった》
そのとき、寺島の耳にノックの音が届いた。再び左手のドアが開き、
「失礼します」

顔を見せたのは、警務課の若い署員だった。

「主任、県の監察がお呼びです。二階の会議室まで来ていただけますか」

寺島は机の端に置いておいた上着を摑んだ。

「あ、寺島、おまえはもうこのヤマから外れていい。明日からしばらく教育係だ。学校から一人、ひよこが研修に来る。ま、面倒みてやってくれ」

永瀬の言葉に頷きながら、最後にもう一度マジックミラーを見やったときだった。

ずっと俯《うつむ》いていた順也がふいに顔を上げ、立ち上がった。

《順也くん、座れ》

太田の声を無視し、鏡の方へ寄ってくる。永瀬が少し身を引いた。

順也の顔には薄い笑みが張り付いていた。視線が合ったとき、寺島も思わず半歩下がっていた。

太田も椅子から腰を浮かした。

《順也くん、座れって言っ――》

《刑事さん》

太田に向かって言ったようだが、順也の目は、こちらを向いたままだった。

《考えてみると、ぼくのやったことって、ちょっと、行き当たりばったりって感じですよね》

順也に向かって歩み寄ろうとしていた太田が、そこで足を止めた。
《思いませんか？　寺島さんが家に来たとき、余計な動きなんかしないで、じっと引き籠もっていた方がよかったんじゃないのって。そしたら、いまでも犯人だってことがバレなかったかもしれないよって》
寺島は唾を飲み込んだ。
《だから、もしかしたら、ぼく、本当は、父に知らせたかったんじゃないかな。犯人はおれだぞ、って。その方が、もっと父を苦しめられますから》

7

「もう一度確認させてください。被害者の叫び声が、隣に住むあなたに聞こえたのは――」寺島は手帳をめくった。「午後八時二十分ごろ、と。これで間違いないですね」

「はいはい。そりゃもうね、烏《からす》が三羽ぐらいまとめて首を絞められたみたいな、凄《すご》い悲鳴でしたよ」

目撃者の主婦は大袈裟《おおげさ》に体を震わせながら、先ほどと同じ表現を使って証言を繰り返した。

町の中心部から十キロほど離れた山間部に来ていた。ここで、八十三歳の女が七十九歳の男を刃物で切りつけたのは昨日の夜だ。

どうやら、土地の境界線をめぐる話し合いがこじれたらしい。十五年ばかり刑事をしているが、高齢者同士の傷害事件というのは、実はあまり経験していないケースだった。

主婦をその場に残し、寺島は、乗ってきた覆面パトカーに歩み寄った。後部のトランクを開け、積んであった段ボールの箱に手を入れる。

箱の中には、肘や膝を固定するサポーター、鉛の錘《おもり》が入ったベスト、そして、わざとレンズを曇らせてある眼鏡などが入れてある。この中から、まずベストを選び、手に取った。

「主任。何ですか、それ」

横から坊主頭の松尾《まつお》が覗いてきた。彼の目は、普段の倍ほどに見開かれている。警察学校から通勤しているこの新米は、なかなか好奇心が強そうだ。

「これか。高齢者擬似体験セットってやつだよ。聞いたことがあるだろ?」

「はい」

「捜査にあたってはだな、まず、当事者の証言に矛盾がないかどうか、徹底的に検証する必要がある。そんなときは、事件の犯人や被害者に扮《ふん》してみると、いろんなことが分かるんだよ。これがいわゆる――」

「いわゆる『寺島式捜査法』というものですね。存じております」

この新米、耳も早いようだな、などと思いながらベストに腕を通していると、携帯電話が鳴った。太田からだった。

《順也くんの供述調書ができましたが、この後どうします？》

寺島は少し苛ついた。なぜそんな分かりきったことでいちいち連絡してくるのか。

「どうしますって、決まってるだろう。本人に読ませてから署名させ――」

そこで言葉を呑《の》み込んだ。違う。何をうっかりしているのか。順也の場合はそれができないのだ。

「……太田」

《はい》

「おまえが読み聞かせてやってくれないか。その後で署名と拇印《ぼいん》をもらえばいい。念のため、やりとりはすべて録画しておくんだ」

課長からも了解をとってな――そう付け加えて電話を切ると、寺島は松尾の方を向いた。

「一つ訊いていいか」

「ええ、どうぞ」

「おまえならどうする。もしも……」

「もしも、何でしょうか」

「もしも、急に字が読めなくなったら」

「字が、ですか。さあ、ちょっと考えたことないですね。実際にあるんですか、そんなことが」

「ああ。いわゆる失読っていう状態だよ。脳の中に『39野《や》』とか『40野』とか呼ばれる部位があってな、そこに事故や病気なんかで大きなダメージを受けたりすると、そういう症状が起きるらしい。場合によっては平仮名すら読めなくなるようだ」

一昨日の晩、順也を逮捕した直後に、署にあった医学書をめくってみた。いま口にしたのはその受け売りだった。

「一人知ってるよ。実際にそういう目に遭った人を」

「お気の毒です。その方、とても苦労なさっているんでしょうね」

「ああ、つらいだろうな。その人は、本を投げ捨てないではいられなかった。しかもカッターでずたずたに切り裂いてからな」

言ったあと、寺島はベストを着る手を止めた。ふと疑問に思う。

『寺島式』？　それがどれほどのものなのか。

例えば順也のケースだ。防犯カメラの映像を何度も見て、目出し帽まで被り、そのとおり演じてみたところで、犯人になり切ったと言えるのか。

思いがけなく目の前で文字を書かれてしまったときの狼狽《ろうばい》や、それを六秒間も見つめ、なんとか意味を理解しようとしたときの焦りを、本当に理解できるのか。

――その方が、もっと父を苦しめられますから。

そう言ったあと、ふいに顔を歪《ゆが》ませ、取調室の床で泣き崩れた彼の気持ちを、どこまで実感できるのか……。

寺島は着かけていたベストを脱いだ。

「あれ、見せてくださらないんですか、『寺島式』を」

「おまえがやってみたらどうだ」

「いいんですか。――了解っ」

めったにない体験ができそうだとばかりに、嬉々《きき》としてベストを受け取った松尾に背を向けると、寺島は背広に手を入れ、煙草のありかを探った。

野良犬たちの嗜《たしな》み

深町秋生

深町秋生（ふかまち・あきお）
一九七五年、山形県生まれ。二〇〇四年、「果てしなき渇き」で『このミステリーがすごい！』大賞を受賞しデビュー。著作に『卑怯者の流儀』『地獄の犬たち』「組織犯罪対策課　八神瑛子」シリーズ、『煉獄の獅子たち』『鬼哭の銃弾』など。

1

米沢英利《よねざわひでとし》は、コートの襟を立てて、晴海四丁目を歩いていた。

埋立地特有の平たい土地で歩きやすいが、散歩にはあまり向かない。近くには巨大清掃工場があり、無機的な造りの物流センターの大型倉庫が目に入る。そっけない風景だ。周囲に人気《ひとけ》はなかった。

横にはオリンピック施設用として、広大な空き地が広がっている。海が近いうえに、遮蔽物《しゃへいぶつ》がないため、磯の匂いを漂わせた海風が容赦なく襲いかかってくる。春が近づいたとはいえ、朝五時の風はやたらと冷える。

かつてはスーツ姿でもなんら問題なかったが、五十を過ぎてからは寒さが骨にまでしみるようになった。トレンチコートを着ていても、背筋がぞくぞくとする。新陳代謝が悪くなったのか、血の巡りが悪くなったのか……こういうときに歳を食ったと自覚させられる。

埋立地の端っこに位置する公園に、一台の大型セダンが停まっていた。シルバーのレクサスだ。

浦部恭一《うらべきょういち》は、レクサスのボディにもたれながら、タバコをくゆらせていた。スーツのズボンのポケットに手を入れ、晴海客船ターミナルに停泊している客船を見つめていた。やつ自身が運転してきたらしい。彼以外には誰もいない。

近寄ってくる米沢にうなずいてみせ、胸ポケットからダンヒルの箱を取り出した。フタを開けて、タバコを勧めてくる。米沢は掌《てのひら》を向けた。

「五年前から吸ってない。今もだ」

「あの事件以来、止《や》めたんだったな。今も続けていたとは。信じられん」

「うるせえよ」

浦部は眉をひそめて、タバコをしまった。米沢はミントタブレットのケースをカシャカシャ鳴らし、錠菓を嚙みしめる。ミントの味が口いっぱいに広がる。

米沢はレクサスに目をやった。

「信じられないのはこっちのほうだ。ヤー公のくせにハイブリッドなんか乗りやがって。前は燃費の悪いアメ車だっただろう」

浦部は煙を吐きながら肩をすくめた。三年ぶりに会う彼は、ほとんど昔と変わっていない。

豊かな黒髪を古風に七三に分け、グレーのスリムなスーツを着こなしている。なで肩と薄い胸板。キメの細かい白い肌と端整なマスクは、英才教育を受けた歌舞伎役者を思わせた。ヘビースモーカーのくせに、面《ツラ》にはシミひとつ見当たらない。

関東の広域暴力団である巽《たつみ》会系の仁盛《じんせい》会の若頭《わかがしら》補佐。そう言っても、信じられない者は多いだろう。四十半ばの中年男には見えない面構《つらがま》え。女でメシを食っている野郎だ。妖しげな色気を今も漂わせている。

「部署は未《いま》だにコレですか?」

浦部が銃のトリガーを引く真似をした。首を横に振った。

「今は四課だ」

三年前の米沢は、本庁の組織犯罪対策第五課にいた。つまりマル暴の刑事で、銃器捜査係に在籍していた。銃器押収量のノルマをこなすため、浦部になにかと世話になった。「四課の広域暴力団係。知ってて訊《き》いてるんだろう。懐かしがってる場合じゃねえ。さっさと話をしよう」

米沢はレクサスの助手席に乗った。豪華列車のグリーン車のような、ゆったりとした革製シートに腰かける。

車内は革とニコチンの臭いがした。浦部は運転席に座るなり、コンソールボックスのフタを開けた。なかには封筒が入っている。文庫本一冊分の厚みがある。それを手渡された。

封筒のなかを覗《のぞ》いた。万札の束が入っている。顔をしかめた。

「久々に会って、いきなりこれか」

「『さっさと』と言ったのは、あんただ」

「ハメる気じゃねえだろうな。ええ？」

米沢は車内を見渡した。小型カメラや盗聴器を捜す。

「ひと昔前ならともかく、老犬のあんたを、今さら引っかけてもしょうがない」

「そりゃそうだ」

素直にうなずいた。口調こそ丁寧で物静かだったが、刑事相手にナメた口を利《き》く。長年のつきあいと、さまざまなギフトをくれた男だからこそ許している。

米沢は指を舐《な》めた。一万円札を数えながら訊く。「用件はなんだ。お前の電話番号、ケータイのメモリから削除しちまったんでな。連絡くれたときは驚いたよ」

「女を捜してほしいんです」

「お前んところのか」

「そいつは前金。成功したら別途、報酬を支払いますよ」

「どでかい借金背負ったねえちゃんか。それとも、よっぽどゼニになる傾国の美女か」

「そんなところです」

一万円札を数え終えた。ちょうど百万円あった。

浦部は、六本木や赤坂で外国人クラブを所有する一方、裏では複数の管理売春グループを営んでいた。扱う女は日本人や中国人、ロシアや東欧系、東南アジア系と国際的だ。三年前まで、米沢の情報提供者《エス》でもあった。暴対法による締めつけにより、暴力団のマフィア化が進むにつれて、公然と会うわけにはいかなくなった。巽会が警察との対決姿勢を打ち出したからだ。

末端の組織の構成員にいたるまで、警官とは決して会わない、喋《しゃべ》らない、事務所に入れないという、徹底した秘密主義を選んだ。以前ならやらなかった危険なビジネスにも手を染めている。覚せい剤の密売、強引な人身売買、宝石店への強盗や無人ATMの破壊。身内のシノギの奪い合いも日常茶飯事らしかった。

浦部とは、彼が部屋住みのチンピラだったころからのつきあいになる。しかし、組織の方針が転換した以上、接触するわけにはいかなくなった。

公安にしろ、組対《そたい》にしろ、刑事は情報提供者の身の安全を第一に考えなければならない。なにかあったときは、サクラの代紋が身の安全を保障してくれる。暴力団よりも頼りになるのだと、強く印象づけるためだ。裏切りや使い捨てにされると悪評が広まれば、口を貝のように閉ざしてしまう。

浦部は二次団体の幹部であり、自身も組織を抱えている身分だ。警官とつながっているとわかれば、きついお仕置きが待っている。それゆえ、彼とは接触を断つことにした。

……というのは表向きの理由だ。あのころは、どちらが情報提供者かわからなくなっていた。〝封筒〟を受け取るのは、今に始まったわけではない。浦部に女も世話してもらい、組対の内部情報を喋ったときもある。これ以上、浦部とつながっていれば、立場がまずくなるのは米沢のほうだった。人事一課監察係からもマークされた。

封筒のなかからは、新札特有のたまらない香りがした。

「なにが『そんなところです』だ。暴力団排除《ボウハイ》条例で、お前んところは、ますます警《ポ》察《リ》憎しで凝り固まってるじゃねえか。ここ数年だけで直参《じきさん》が何人粛清《しゅくせい》された」

米沢は顔をぐっと近づけてガンをつけた。「どこの国のねえちゃん《チャンネー》か知らねえが、なんで危険冒して、おれに頼みこんできた。たかが売女一匹のためによ。よっぽどアレの締まりがよかったのか」

米沢は笑った。耳障りな笑い声を出す。

浦部は無表情のままだった。ただし白い頬が紅潮し、手にしていたタバコが怒りで震えている。気品に満ちた男を装っているが、極道らしい激情を内に秘めている。外見と同じく、性格のほうも変わっていない。

浦部は優男《やさおとこ》の見かけにかかわらず、三下時代に傷害致死でひとり殺している。働かせていた中国人女性を、無理やり引き抜こうとした中国残留孤児系の不良グループとトラブルになった。

女たちの世話係を務めていた当時の浦部は、不良グループに拉致《らち》されようとする中国人女性を救うため、ナイフを振り回してはワルたちを血祭りにした。二名が重傷、一名が三日後に死亡した。浦部自身も青竜刀や短剣でナマスにされ、一か月の入院生活を余儀なくされた。彼の身体に刺青《いれずみ》は入っていないが、首から下には生半可な刺青よりも壮絶な傷痕が残っている。

浦部はタバコを灰皿に押しつけた。

「あんたはいつもそれだ。挑発には乗らない。それに、消えたのは娼婦じゃありません。うちのクラブで働かせてた」

「もう充分、乗ってるよ」

米沢はミントタブレットを再び口に放った。ガリガリと齧《かじ》る。

「さて、ずばり言うが、惚《ほ》れてた女なんだろう。今度はどの女《スケ》だ」

浦部は顔を赤くしたまま答えなかった。正解と見てよさそうだった。売春している女が蒸発するのは日常茶飯事だ。ふつうなら極道同士のネットワークを駆使して女を追う。危険を冒して、大金を払って警官に捜させるなど、異例中の異例といえた。

米沢はミントタブレットを再び口に放った。ガリガリと齧る。

浦部はハンドルを指で突《つつ》き、苛立《いらだ》った様子で尋ねてくる。

「つまんねえ詮索《せんさく》はそのへんにして、返事を聞かせてくれませんか」

「もちろん、やらせていただきますとも」

米沢は封筒を胸ポケットにしまい、上着をポンと叩《たた》いた。「腐りきった老犬と、商品に惚れちまうヒモ。ダメ人間同士、また仲よくやろうじゃねえか」

浦部はずっと無表情だったが、ここにきて笑みをようやく浮かべた。諦めと困惑が混じった苦笑だったが。

2

米沢は、十階建てマンションのエントランスを通った。ショルダーバッグを担いで。すぐ後ろで黄色い電車が、高架橋の線路を轟音《ごうおん》とともに走り去った。マンションは総武線沿いに建っていた。秋葉原駅と浅草橋駅の間にある住宅街だ。

エントランスの自動ドアは、オートロックというわけでもない。住人でもない米沢をあっさりと受け入れた。脇には管理人室はあるが、肝心の管理人は昼間しかいないらしく、受付はカーテンで覆われていた。

腕時計に目をやった。まだ朝の六時三十分を過ぎたばかり。浦部に会ったその足で、米沢は消えた女の住処《ヤサ》へとやって来た。一階はラウンジ風になっており、窓際には応接セットが置かれている。なかなか立派な造りではある。

しかし、内壁の壁紙がところどころ剝《は》がれ落ち、設備の古めかしさがそこかしこに現れていた。入口には「許可なく敷地内に入る事を禁ず」「チラシ御断り」とプレートが貼られてあったが、郵便受けには大量のチラシが入っており、雑然とした印象を与えている。築二十年以上は経《た》っているだろう。古い建築物特有のカビ臭さが漂っている。エレベーターホールには、防犯カメラが据えつけられてあった。

エレベーターで五階に上がり、女の部屋へと向かいながら、スマートフォンの液晶画面に目を落とした。画面には、長い艶《つや》やかな黒髪が印象的な若い女が映っていた。肩幅の狭いスリムな体型で、切れ長の目をした美女だ。ナイトドレス姿で微笑《ほほえ》む姿には華がある。

キム・ウンジュ。浦部が経営する赤坂の韓国人クラブのホステスで、現在消息不明となっている。勤務態度は真面目で、無断欠勤は一度もない。店の従業員が不審に思い、様子を見にやって来たが、部屋には誰もいなかったという。

浦部に訊いたものだった。

――急に故郷《クニ》に帰りたくなったわけじゃねえよな。

――ありえません。パスポートはこっちが保管してますから。

ウンジュの実家は、韓国南東部の慶尚南道《キヨンサンナムド》の沿岸部で海鮮料理屋を営んでいた。食中毒をきっかけに閉店を余儀なくされ、膨大な借金を抱えこんだ。地元の金融屋の勧めで留学ビザを取得し、浦部のクラブで働いていた。すでに来日して三年。整形をしていないナチュラルな美貌と接客態度のよさのおかげで、客のハートを摑《つか》んでおり、順調に借金を返していたという。

――客と駆け落ちでもしたんじゃねえのか。

――それもありえない。

――なんで言い切れる。

――とにかく……この蒸発はウンジュの意志によるものじゃない。部屋を見てみればわかる。

浦部に部屋の鍵を渡されていた。

それにしても……米沢はスマホの画面を睨《にら》み続ける。ウンジュはどこか似ていた。かつて浦部が命がけで救った中国人女性に。あのときも女に惚れ、ヤクザも手を焼く武闘派不良グループ相手に無茶をやらかした。ナマスにされた浦部を発見したのは、所轄の組対課にいた米沢だった。彼は最後まで認めなかったが、ウンジュを好いていたに違いなかった。愛人関係にあったかもしれない。

老齢化が進む巽会のなかで、若手のホープとして期待されている。頭はキレるが、独特の甘さもある。手下や弟分の不始末のために、かぶらなくともいい泥をかぶったり、商品に本気で惚れてしまうなど、ヤクザのくせに非情になりきれない。それさえなければ、とっくに巽会の直参になっていただろう。

ドアの鍵を開けて入った。ウサギ小屋みたいな1Kのフローリングの部屋だ。マンスリーマンションみたいにシンプルだった。高価な家具といえば、シモンズ製のベッドに李朝風のタンスぐらいだ。稼いだカネのほとんどは、実家に送ってしまうのだという。もっといい部屋に住めと、浦部や店長から勧められたが、実家の親兄弟たちに申し訳がないからと、家賃の安いこの部屋に留《とど》まり続けていたらしい。

玄関から部屋までの通路には、小さなキッチンがある。

住人が蒸発して三日目になるが、室内にはフルーティな香りが残っていた。タンスのうえにアロマ加湿器がある。

「これか……」

米沢は思わず呟《つぶや》いた。

香りやインテリアに気を取られていたが、すぐ側に異変を知らせるシグナルを見つけた。玄関には細長いシューズボックスがあった。木製の扉には、鉄球をぶつけたような穴が三つ。破られた穴から、ウンジュの商売道具のヒールが見えた。キッチンの床には割れたガラスのコップの欠片が散乱していた。

ショルダーバッグから、使い捨てのビニール製手袋を取り出し、両手に嵌《は》めた。革靴にビニールカバーをつける。指紋採取用の検出用具を取り出した。ウサギ毛や羽毛の刷毛《はけ》、アルミニウム粉や石松子《せきしょうし》を用意しながら、再び浦部との会話を思い出す。

米沢は訊いた。

——部屋をいじくり回してねえだろうな。

——様子を見に行った従業員はベタベタ触れてるだろうが、それ以外には立ち入らせていない。何者かに拉致られたんだ。

粉末をつけた刷毛を手にし、まずはシューズボックスから指紋を採取しようとした。しかし、米沢はその手を止めた。玄関の三和土《たたき》に目を落とし、その場で屈《かが》みこんだ。長さ十センチほどの毛髪が落ちていた。金髪だった。ピンセットでそれをつまみ上げると、ビニールケースに入れる。

米沢はうめきながら立ち上がった。しゃがんでいると、すぐに腰が悲鳴をあげる。拳《こぶし》で腰を叩いた。

「いっちょ、張り切るか」

ひとり言を呟いて、自らに気合を入れる。むさ苦しい独身野郎の巣ならテンションも上がらないが、美女の住居とならば力もこもろうというものだ。パンツのひとつでも持ち帰りたくなる。猫の額みたいな広さの玄関で、シューズボックスを刷毛で払い始めた。

3

ひとまず家捜《やさが》しを終えて、マンションの一階へと下った。

収穫はそれなりにあった……と思う。腕時計に目をやると、正午を過ぎていた。管理人室のカーテンが開いており、なかに人の気配があった。

受付の小窓から覗いてみると、四畳半ほどの畳の部屋で、大きな湯呑みで日本茶を啜《すす》っている老人がいた。チューナーをつけた古いブラウン管のテレビで、昼のワイドショー番組を眺めている。米沢が小窓のガラスを開けると、表情を強張《こわば》らせて飛び上がった。湯呑みをひっくり返す。

「な、な、なんでしょうか……」

おそらく、浦部たちから手荒な質問責めに遭ったのだろう。湯呑みの茶だけでなく、小便まで漏らして畳を汚しそうな怯《おび》えぶりだ。浦部の話によれば、管理人がいる昼の間は、これといった異状はなかったという。ヤクザたちは、ウンジュの隣に住んでいる中国人留学生にも尋ねている。彼によれば、朝五時ぐらいに悲鳴のような声を耳にしたらしい。

胸ポケットから警察手帳を広げて見せた。

「なんもしねえよ」

老人は緊張した様子のままだった。背中を壁に押しつけ、米沢を凝視している。米沢はエレベーターホールの防犯カメラを指さした。

「なにが起きたかを知ってるよな。映像、残ってんのか」

老人は恐怖のあまり、質問を理解するのに時間がかかった。やがて首を勢いよく横に振った。

「それが……ないんです。あれはもう何年も前に壊れてますんで」

「エントランスと、各階の通路にも設置されてるよな」

「あっちのほうも……」

老人は済まなそうに首をすくめた。

米沢は管理人室を覗きこんだ。狭い部屋の隅には、埃をかぶった小さなモニターと録画機器があった。録画機器はビデオテープで記録する骨董品だ。老人の言うとおり、モニターも録画機器も電源すら入っていない。

「しょうがねえな」

米沢は舌打ちした。管理人はペコペコ頭を下げた。

「すいません、すいません」

ガタの来たマンションの防犯意識などそんなものだ。セキュリティ会社のシールをこれ見よがしに貼り、防犯カメラをあちこちにぶら下げてるが、すべてフェイクだという例は、とくに珍しくはない。米沢はマンションを後にした。

マンションの周囲には小さな公園やコンビニ、ウンジュの部屋とは段違いの高級マンションも林立している。ミントタブレットを齧り、近くのコンビニへと入った。

4

霞が関の本庁本部に戻ったのは夜だった。腕時計の針は夜八時を過ぎていた。

帰庁する途中、自分へのご褒美として、高級中華で夕飯を済ませた。中高年のサラリーマンや役員風の男たちが、点心やXO醬《ジャン》の炒め物を肴《さかな》に紹興酒をやっていた。喉が鳴ったが、依頼主のために、もうひと踏ん張りする必要があった。

組対第四課のオフィスを廊下からそっと覗いた。部屋はだいぶガランとしている。〝関取〟の姿も見当たらない。米沢のデスクのうえは、まだ判子をついていない書類や回覧板で埋まっていた。

米沢はデスクに近づこうとする。自分が所属するオフィスだというのに、どうも空き巣みたいに挙動不審な動きになってしまう。

そのときだった。背後からシャツの襟を掴まれた。息がつまる。強烈な力で廊下に引き戻される。

「お帰りなさい、ダーリン。待ってたわ」

ギフト用のハムみたいな太い腕で裸絞めにされた。

〝関取〟こと大関芳子《おおぜきよしこ》警視だ。組対第四課の女性管理官で、米沢の直属の上司にあたる。身長は約百八十センチ。二重顎《あご》と三段腹が特徴の大女だった。若いころは柔道無差別級のアスリートとして活躍したが、その堂々たる体格と名前のおかげで、〝関取〟という渾名《あだな》がついた。着ている制服も特注サイズ。重量級の威圧感と迫力で、コワモテのヤクザをも屈服させるやり手の四十女だ。取調室で彼女に泣かされたヤクザを何人も知っている。

「お前、今日一日、どこほっつき歩いてた。あ？」

芳子は本気で首を絞めつけてくる。呼吸を止められた彼は、彼女の前腕をタップした。しかし、緩む気配はない。

「ちょっと……死んじゃう。止めて」

彼女は首を絞めながら、顔を近づけてクンクンと匂いを嗅《か》いだ。

「アヒルと甜麺醤《テンメンジャン》の匂いがする。晩飯は北京ダックか。優雅な食生活送ってんな」

食後にミントタブレットを噛んだのに、芳子は見事に言い当てた。

「んな贅沢なもん、食っちゃ――」

なんとか抗弁しようと試みたものの、苦痛によって胃が暴れ出し、言葉がでなかった。答えを胃液ごと吐きだしそうになる前に、芳子はようやく腕を緩めた。米沢は床に崩れ落ち、喉元までこみ上げる胃液と高級料理を無理やり飲み下した。

「パワハラだ。警務に訴え出ますよ」

米沢は咳《せ》きこんだ。不幸中の幸いは、このみっともない姿を、後輩連中に見られずに済んだことだった。それと酒を我慢したこと。一杯飲《や》ったと知ったら、投げ技もプラスしただろう。芳子は腕を組んで見下ろし、床を這《は》う彼を鼻で笑った。

「上等だよ。それで吠え面掻《か》くのはどっちだろうな」

黙ってスーツについた埃をはたき、立ち上がった。

むろん、吠え面を掻くのは米沢のほうだ。警務部の監察係は、彼を警察社会から追い出したくてうずうずしている。手段はどうあれ、なんとか結果を出しているおかげで、刑事を続けられたのだ。仕事に熱中していた時代もあり、家族を省みなかったため、結婚生活のほうは頓挫《とんざ》したが。芳子は真顔になった。

「今週な、ある若手から泣きつかれたんだぞ。お前が金を返してくれねえって。パワハラはどっちだ」

「そんなことですか」

米沢は首をさすった。

ある若手。芳子は名前を出さなかったが、同じ組対第四課の永岡《ながおか》だとすぐにわかった。

大学レスリング部出身で、業務用冷蔵庫みたいな立派な身体と、悪役レスラーのようなコワモテぶりが上に気に入られ、組対のメンバーに加わった新人だ。石部金吉《いしべきんきち》と呼ぶべきクソまじめな男で、三十間近だというのに童貞だった。

あまりに夜の世界や闇社会について無知だったので、米沢が教師役を買って出て、吉原のソープランドに連れていった。それを皮切りに、いろいろと勉強させた。銀座、赤坂、鶯谷《うぐいすだに》。裏賭博からホテトル、高級クラブと、社会科見学を行った。おかげで、なかなか立派なマル暴野郎に成長したが、制服警官時代に貯めていた一千万近くの金が飛んだ。現在は米沢と同じく、財布はいつも空っぽだ。授業料と称して、米沢の飲み代や風俗料まで払わせた。

芳子の言うとおり、彼から借金もしており、永岡はごつい顔を切なそうに歪ませて、金を返してくれと懇願していた。返済したいのは山々だったが、ない袖は振れなかった。

　彼女に左腕を摑まれた。腕時計をじろじろと見つめる。

「これでも質に入れて、今すぐ金を作れ」

　米沢は腕を振り払った。

「返済ならしましたよ。きれいさっぱり」

「いつ」

「さっき。その〝ある若手〟とロッカールームで会ったんで、しめて三十四万円。待たせた詫《わ》びとして、五千円プラスして返したところです」

　芳子は拳のフシを鳴らした。

「もうちょっとマシな嘘つけよ。その場しのぎにもなりゃしねえ」

「本当ですよ。なんだったら、その若手に電話して確かめりゃいい」

　米沢は嘘をついていない。

　豪華なディナーを終えた後、まっ先に向かったのは本庁本部のロッカールームだ。いつまでも大金を懐に入れておくわけにはいかない。犯罪者が恐いからではない。この女に見つかると厄介だからだ。

　証拠物件についても同じだ。知られるわけにはいかない。現金と一緒にロッカーに放りこんだ。そのさいに永岡と鉢合わせた。困り顔で返済を迫ってくる彼に、ポンと現金を渡すと、豆鉄砲を食らったハトみたいにキョトンとしていた。

芳子は胸倉を摑んできた。

やたらと勘が鋭く、度胸も備わっている。デスクワークもそつなくこなす才女ではあったが、とにかく口より腕が先に出る物騒なやつだった。

「どこから引っ張ってきた。闇金じゃねえだろうな」

「おウマさんですよ。三連単で賭けてたのが運よく当たって」

芳子は、西郷隆盛に似た丸い目を光らせ、米沢の顔を直視した。視線をそらさずに受け止める。彼女は手を離した。

「毎度毎度、つまんねえトラブル起こしやがって。次になんかあったら絞め殺すからな」

「どうも申し訳ありません」

頭を深々と下げて最敬礼をした。

芳子は鼻を鳴らして、自分のデスクへと向かった。米沢より七つ年下だったが、彼女には敬老精神というものはない。先輩だろうが上司だろうが、おかまいなしに持論をぶつけるので、現場の人間からは慕われている。米沢にとっては天敵だが。

ネクタイを緩め、トイレへと逃げた。個室に入って電話をかけた。呼び出し音が一分近く鳴ったが、相手の岡野《おかの》につながった。眠そうな声を絞り出す。

〈も、もしもし……なんすか〉

「どこにいる」

〈どこって……庁舎にいますよ。昨日から徹夜で……ようやくケリついたんで仮眠を〉

「そっか」

電話を切ると、トイレを出た。芳子がうろついていないかを確かめ、足早にロッカールームへ向かう。集めた証拠品を入れたショルダーバッグを抱えると、岡野がいる刑事部鑑識課の部屋に入った。薬剤と機械が複雑に混じったケミカルな臭いが漂っている。何人かの課員が残っていたが、それぞれ自分の作業に没頭している。

鑑識官の岡野といえば、部屋の隅にある長椅子で、キャップを顔に乗せて眠りこけていた。染みのついたボロ毛布にくるまっている。数分前に電話をかけたばかりだというのに、イビキをかいて熟睡していた。ケータイが床に落ちていた。

米沢はキャップを払いのけた。三十代後半とは思えぬ老けた顔が現れた。今朝会ったヤクザの浦部よりも年上に見える。目の下には黒い隈《くま》があり、いくつもシワが出来ている。

「起きろ」

彼の頬を叩いた。単に目を覚まさせるためだったが、芳子の暴力で腹が立っていたせいか、力が入り過ぎてしまった。ビタンと皮膚を打つ音が響き、作業中の鑑識課員たちも手を止めた。岡野は不愉快そうに顔をしかめた。落ち窪《くぼ》んだ目を開く。

「なんすか……金なら貸せませんよ」

米沢は耳元で囁《ささや》いた。毛布を剝がす。

「バカ、仕事だよ。ちょっと顔貸せ」

寝ぼけ眼《まなこ》の岡野を部屋から連れ出そうとした。視力の悪い彼は、床に置いていたメガネを拾った。目を保護するという、肌色のレンズをしたブルーライトカットメガネだ。映像分析を担当することが多く、年がら年中、パソコンのモニターを睨んでいる。廊下へと引っ張りだしたが、岡野はKO寸前のボクサーみたいに頭をゆらゆらさせていた。

「仕事って言われても……今終えたばかりで。とりあえず寝ないと目開けられないっす」

「儲《もう》け話ともいうぜ」

米沢はポケットから新しい一万円札の束を取り出した。一枚一枚指で弾《はじ》いて、音を鳴らして数えた。そのたびに、岡野の肌色の目がしゃっきりしてくる。

「どうせ眠るんなら、あんな小汚《こきたね》え毛布《チャンネー》にひとり包《くる》まるより、泡のお風呂できれいさっぱり垢《あか》を落として、べっぴんなねえちゃんと寝たほうがいいだろうよ」

十万円を彼の胸ポケットにねじ入れた。岡野の喉がごくりと鳴る。

「面倒な作業じゃないでしょうね」

「面倒になるかどうかはお前次第さ。ここでもうひと踏ん張り、気合入れ直してやれば、大好きな石鹼《せっけん》の匂いを嗅げる」

ショルダーバッグごと手渡した。

なかには、ウンジュの部屋から採取した指紋のゼラチン紙、頭髪や体毛を入れたパッケージ。それに、防犯カメラの映像データを入れたUSBメモリが入っていた。

ウンジュのマンションのカメラはフェイクだったが、近くのコンビニやビルの管理会社に警察手帳を披露して協力を要請。設置された防犯カメラの映像をいくつも入手した。ウンジュが姿を消したと思われる日のものだ。

岡野が扱うPCには、光量の足りない映像でも、自動補正して鮮明に映し出すソフトが入っている。また、動いている人間や車を指定すれば、複数の映像データから自動的に追跡。いつでも検索できる優れものだ。

近くのコンビニの防犯カメラ映像に、作業服を着た金髪頭の男と、オールバックの大男が、一瞬だけ映っていた。大きなマスクで顔を覆っていた。金髪野郎の頭髪は約十センチほど。玄関に落ちていたのと同じくらいの長さだった。

ふたりの男たちはライトバンに乗り、浅草橋方面へと走り去った。早朝五時あたりの時刻だ。

それに合わせて、米沢はマンションから浅草橋駅付近を中心に、映像データをかき集めた。ライトバンがほんの一秒通過しただけの低画質の映像でも、岡野の手にかかれば思いもよらぬ情報が得られる可能性が高い。画像解析ソフトの進歩は凄まじく、防犯カメラもいたるところに設置されてある。現在の刑事部捜査一課は、もっぱらこの手の科学捜査に頼り切り、鑑識課や科捜研は大忙しだ。

岡野は下品な笑みを浮かべた。

「……悪くないすね」

「だろ。よろしく頼む」

岡野に小声で依頼内容を伝えた。ライトバンの所有者の割り出し、それと指紋の照合作業だ。画像分析の過程で有力な手がかりを見つけた場合、特別報酬をプラスすると告げた。岡野は何度もうなずいたが、米沢の説明はもはや耳に入っていない様子だった。闘牛場の牛みたいに、今にもPCに突進しそうな熱気を感じた。

三十代には見えない老け顔と、学者みたいに痩せた身体のおかげで、虚弱体質に見える岡野だが、下半身が制御不能のソープ狂いだ。セックス依存症といってもいい。たまに恋人ができても、性生活の不一致で必ず破綻する。

彼が老け顔になったのも、精を放ち過ぎたからだと、米沢は個人的に思っている。

バイアグラが必要な米沢にとっては、羨《うらや》ましくもあり、気の毒でもあった。それゆえ岡野も金に飢えていた。褒美《ほうび》の人参《にんじん》をぶら下げれば、瀕死状態に見えても起き上がって疾走する。

彼に証拠品を預けると、組対四課のオフィスに戻った。溜《た》まった書類をろくすっぽ見ずに判子を連打し、デスクのうえをある程度片づけてオフィスを後にした。身体がすっかり疲れ切っている。

米沢はエレベーターへと向かったが、嫌な気配を感じてくるりと転進した。〝関取〟とは違うタイプの天敵が視界に入ったからだ。

「こんばんは。米沢さん」

残念ながら手遅れだった。暗い声で呼び止められる。

人事一課の奈良《なら》本京香《もときようか》監察官だ。〝ゴースト〟なる異名を持つ、柳の下がお似合いの痩せた四十女だ。

彼女は親指で背後のエレベーターを指した。

「帰り道でしたらあちらでしょう」

「いやその……急に腹具合が悪くなっちまって。便所だよ」

顔を歪ませて、腹をさすった。彼女は再び背後を指さす。

「トイレでしたら、やはりあちらが一番近いはず。急に引き返すのは合理的な行動とは思えませんが……」

京香は暗い瞳でじっと見つめてくる。

「おれは臆病者なんでな。泣く子も黙る監察官殿にびびって、足が明後日の方向に向いちまっただけなんだ」

「なにか、明後日の方向に向いてしまうようなことでも?」

「うぐ……」

京香が〝ゴースト〟と呼ばれるのは、なにも陰気で暗い気配を漂わせているからではない。どんな人脈を持った相手でも、ゆらりと寄ってきては罰を与えにやってくる。警視庁の警官全員から恐れられているからだ。他の監察官のように甘くはなく、なれ合いや妥協は通じない。

米沢は尻を両手で押さえた。せつなげに身もだえしてみせる。

「よしてくれ。ただ、急な下痢ってのは、非合理的な行動とやらをさせちまうもんなのさ。自分でも不思議に思うよ。とにかく、レディの前で漏らしちまったら一生の恥だ。これにて失礼」

そそくさと京香の横を通り過ぎ、エレベーター近くのトイレに駆け込んだ。

個室の便器に腰かけてひと息つく。どんな大物警官でも、京香の前ではヘビに睨まれた蛙と化す。

「やれやれだ」

額の冷汗を袖で拭いた。米沢は京香から汚職警官と睨まれている。

当分は個室から出られそうになかった。セカンドバッグのファスナーを開ける。なかには浦部から受け取った現金と、岡野に渡さなかった証拠品が入っていた。ウンジュの部屋のカラーボックスを漁《あさ》っていたとき、一冊のミニアルバムを発見している。

個室に閉じこもっている間、これを見て時間を潰すことにした。ミニアルバムには二十枚ほどの写真が収まっている。印画紙は鮮やかな赤で染まっていた。きれいな紅葉と寺社仏閣、苔生した階段が写っている。

写真には日付が記されてあり、昨年の秋だとわかった。ウンジュが撮影したのだろう。金閣寺や清水寺など京都らしい風景をバックに、秋物のコートを着た浦部が笑っていた。茶菓子をうまそうに頬張り、祇園の通りを優しげな微笑を浮かべながら歩いている。

彼とは三年のブランクがあるものの、組対五課時代はひんぱんに顔を合わせていた。しかし、こんな表情は見たことがない。興味深く写真を眺めた。浦部が撮ったのか、ウンジュの姿もあった。長い黒髪をかんざしで留め、日本旅館の浴衣を着ては、はにかんだ笑みを浮かべながらポーズを取っている。

写真はどれも普通判のＬサイズだったが、ラストの一枚だけは大きな六つ切りサイズでプリントされていた。まるで特別であるかのように。

下鴨神社の朱塗りの楼門をバックに、寄り添うふたりが撮影されていた。誰かに撮ってもらったのだろう。そこは縁結びで有名な神社だった。

5

〈で、どこまで進んでるんだ〉

浦部は電話で尋ねてきた。

「おい……何時だと思ってんだ」

腕時計を見やった。午前四時近くを指している。

〈いつも、このぐらいに起きるんだろう。気を利かせたつもりだが〉

「あいにく、今日はまだ眠ってもいねえよ」

カフェイン飲料を飲んだ。今夜はこれで二本目になる。

〈なにをしている〉

「歌舞伎町で見張り」

米沢が答えると、彼は黙りこんだ。

警察車両のセダンの運転席。背もたれに身体を預けている。フロントウィンドウの先に見えるのは、歌舞伎町のガールズバーだった。午前四時とあって、日本最大級の歓楽街もひっそりと静まり返りつつあり、歩道のあちこちにはゴミで膨らんだ袋が山をなしていた。朝まで営業しているバーや居酒屋、コンビニの灯りがポツポツとついている。

やがて口を開いた。

〈……見つけたのか〉

「確証はまだ持てないが、拉致の容疑者をマークしてる」

〈若い衆を行かせる。待っていてくれ〉

浦部は冷静な口調のままだ。しかし、早口だった。

「ダメだ。お前らが来たら、ややこしくなる」

浦部自身はクレバーでも、手下までがそうとは限らない。興奮のあまり、ナイフや金属バットを振りかざし、収拾のつかない事態を招きかねない。度重なる浄化作戦で、いくら闇組織がナリを潜めたといっても、歌舞伎町は暴力団やマフィアの過密地帯だ。危険人物たちが押し寄せるだろう。

米沢は自信に満ちた声で言った。

「屈強な部下を揃《そろ》えてる。とっ捕まえたら簀《す》巻《ま》きにして、お前たちにくれてやる。あとは煮るなり焼くなり好きにすればいい。また連絡する」

電話を切った。容疑者を見つけたのは事実だが、浦部にはひとつだけ嘘をついた。セダンに乗っているのは彼ひとりだ。本来なら三、四人の助っ人が必要だ。受け取った百万円は、借金の返済や岡野への報酬などで、ぐんぐん目減りしつつある。裏仕事を手伝ってくれる警官は何人かいるが、これ以上、人を雇っていたら、手元に一円も残らなくなる。

「おっと」

男ふたりがガールズバーから出てきた。店の女たちに見送られながら。黒い刺繍入りのジャージを着た金髪野郎と、迷彩服のジャケットを着たヤギ髭《ひげ》の大男。いかにもアウトローの気配を振り撒いている。

じっさい、ろくでもない経歴の持ち主だった。清永《きよなが》兄弟。もとは渋谷の不良グループの幹部で、傷害や恐喝で何度もパクられている。金髪の兄である昭人《あきと》と弟の卓也《たくや》は三十前後だが、二十代の半分以上の年月を、刑務所で過ごしている。関西系暴力団の華岡《はなおか》組系のヤクザとも親交があるという。たしかにふたりが使ったライトバンの登録者は、華岡組系の企業舎弟《フロント》と目《もく》されるモデル事務所だった。

部屋に残っていた指紋は、ウンジュと従業員、それに彼女の同僚らのものしかなかった。だが、岡野による防犯カメラの画像分析から、拉致犯ふたりの顔が判明した。

浅草橋駅付近の牛丼屋に設置された防犯カメラが決め手となった。店の前を通り過ぎるライトバン。逃走するふたりはマスクを外していた。組対第三課の暴力団情報係の人間にツラを確認させると、清永兄弟の存在が浮上した。

米沢は、清永兄弟の写真を手に持って実物と比較した。写真は、やつらが過去に逮捕されたときのマグショットだ。何度見ても実物とそっくりだ。

金髪の昭人は、しきりに路上にツバを吐きながら、ときおりなにかをわめいていた。弟の卓也はずっと仏頂面でタバコを吸っている。ふたりは今夜、いくつもの酒場をハシゴしているが、愉快な気分ではないらしく、店を出るたびに不愉快さが増しているようで、今にも通行人に絡みだしそうな勢いだった。交差点に立っていたキャッチどもが、ちりぢりに散っていく。

助っ人を呼んでおくべきだったか。米沢は後悔しそうになる。浦部の申し出に従うべきだったかも……とはいえ、このチャンスを逃すわけにはいかない。セダンを降りる。

清永兄弟は近くのコインパーキングに入った。駐車場はガランとしているが、でかい図体をしたハマーが停車しており、存在感を放っていた。兄弟の愛車だった。堂々と酒酔い運転をやらかす気らしく、おまけに精算も済ませずにやつらは、フラつきながらハマーに近づいた。車を固定する遮蔽板を踏み越え、コインパーキングの代金も踏み倒す気でいるらしい。ならず者の見本みたいな連中だ。闇にまぎれながら、コインパーキングのなかへと侵入する。

やつらが、ハマーのドアに触れたところで声をかけた。

「運転まずくないっすか。飲酒運転になっちまいますよ」

「ああ？　なんだあ！」

金髪の昭人が、運転席のドアノブを握りながら怒鳴った。威嚇《いかく》する犬みたいに歯を剝《む》く。ヤギ髭の卓也が忌々《いまいま》しそうにタバコを地面に叩きつける。

「いや……その……近くでセクキャバやってるもんです。酔いが覚めるまで、うちの店で遊んでくといいかなあって思ったもんで」

昭人が大股で近寄ってくる。右腕をぐるぐると回す。

「キャッチ野郎。どんだけ空気読めねえんだ。いっぺん死ね」

「ま、待ってください。クーポン券もありますから」

米沢は胸ポケットから、小さなスプレー缶を取り出した。同時にトリガーを引く。オレンジ色の液体が、昭人の顔に襲いかかった。間髪容れずに卓也にも浴びせる。

ヤギ髭がオレンジ色に染まる。怪訝な顔をしたふたりだったが、目をつむって派手に咳きこみ始めた。顔を涙でぐしゃぐしゃに濡らす。

米沢はベルトのホルスターから、さらに黒い物体を抜き出した。スマホと同程度の大きさ。昭人の腹に黒い物体を押しつけ、八十万ボルトの電流を流した。手にしたのはスタンガンだ。昭人は糸の切れた人形みたいに崩れ落ちた。

卓也にスタンガンを押しつけようとした。しかし、その前にやつの太い腕が迫ってきた。大振りなテレフォンパンチだ。かわそうと身を屈めたが、コメカミに硬い拳が衝突する。酔っ払いとは思えぬ威力だった。若いころなら余裕でかわせたが……。

卓也は苦痛で顔を歪ませながらも、米沢の襟を摑み、ハマーのボディに叩きつけた。米沢は背中を強打し、脊髄から脳まで痺《しび》れるような痛みが走る。

卓也は手を離さない。二度、三度と車体に打ちつけた。ハマーのボディがへこむ。スタンガンが手から離れる。内臓まで痛みが響く。血尿はまず免れない。

卓也はアスファルトに放り投げた。米沢は地面を転がりながら思う――助っ人を呼んどきゃよかった。

卓也が野太い声で訊いた。

「てめえ、なにもんだ、コラ」

「やだな……冗談ですよ」

「殺す」

卓也は羆《ひぐま》みたいに両腕を掲げ、地面を這う米沢の首を摑んだ。指に力がこめられ、気道を押しつぶされた。呼吸を止められる。たちまち脳みそが酸欠状態になる。下からやつの顔面を殴りつけるが、威力などありはしない。卓也の力は緩まない。苦痛を通り越して意識が薄らいでいく。

「バカだな、あんた」

そのときだった。聞き覚えのある声がした。米沢はヨダレを垂らしながら、かろうじてうなずいた。声の主は足を振り上げると、サッカーボールのように卓也の顔を蹴とばした。つま先が卓也の頬に突き刺さり、折れた歯の欠片がアスファルトに散らばった。卓也は白目を剝いたまま動かなくなった。

卓也の首絞めから解放され、米沢は首をさすった。大きく呼吸をする。コインパーキングの出入口に、レクサスが停まっていた。

「助かった……し、死ぬかと思った」

浦部は冷やかに見下ろした。

「なにが部下だ。わずかのカネを惜しみやがって」

浦部は、倒れた清永兄弟を見回した。「こいつらか」

「おそらく」

米沢はふたつの手錠を放った。浦部はそれを拾い上げた。清永兄弟を後ろ手に回し、手錠で身体の自由を奪う。大男の卓也を肩に担ぐと、レクサスのトランクに放り投げた。体型に似合わず、バカ力の持ち主だ。米沢は失神している昭人の両足を持って、アスファルトを引きずりながら、レクサスの後部座席に押しこむ。

浦部は後部座席に陣取った。米沢に命じる。

「あんたが運転してくれ」

「なんでもやらせてもらうよ。旦那さま」

ハンドルを握り、バックミラーでケガの具合を確かめる。頬にすり傷がある程度だ。しかし、首には卓也の指の痕が残っていた。浦部が来なかったら、あやうくお陀仏《だぶつ》になるところだ。米沢は尋ねた。

「なんでわかった」

「何度酒を酌み交わしたと思ってる。あんたがケチなのは百も承知だ」

米沢はため息をつきながら、レクサスを走らせた。そろそろ刑事を辞めるときかもしれない。腕の衰えは仕方がないとしても、こんなヤクザに嘘をあっさり見抜かれるようでは、もう勤まらない。

6

「ま、待ってください……殺さないで」

昭人は涙声で訴えた。

晴海の埋立地まで走ってきたが、走行中に浦部は作業を開始した。後部座席のフロアに工具箱があり、なかからペンチを取り出すと、隣で失神している昭人の手の爪をむしり取った。すさまじい悲鳴が車内に響き渡った。耳栓が欲しくなるくらいに。

初めこそ粋がっていたものの、三つ目の爪をむしり取られると、昭人は虫の息となった。レクサスの座席は血で汚れたが、浦部は気にせずに拷問を行った。彼は無表情だったが、無言で怒気を発していた。

大型倉庫が点在するベイエリアで、レクサスを停めた。かりに拳銃をぶっ放しても、通報する人間もいない静まり返った地域だ。

浦部は尋ねた。

「女をどこにやった」

「……女ってなんのことだよ。わかんねえよ」

昭人は弱々しく答えた。

「そうか」

浦部は、やつが穿《は》いているジャージズボンを脱がした。グレーのトランクスとすね毛だらけの脚が露《あらわ》になる。「女を抱けないようにしてやる。一生、わからずにいろ」

浦部はトランクスのなかに手を突っこみ、昭人の縮み上がった男根を引っ張り出した。ペンチで亀頭をひねり潰そうとする。

「言います！　言います！　柳《やなぎ》さん、柳さんっすよ！」

車内の時間が停まったような気がした。浦部は目を見開いた。ペンチを持ったまま固まっている。代わりに米沢が訊いた。

「柳って……柳康生《こうせい》か」

「身内の者《もん》の商品だが、かまやしねえって」

米沢は息を吞んだ。柳康生は巽会系仁盛会の若頭。つまり浦部の兄貴分だ。即座に組織図を思い描く。柳は華岡組系の幹部と外兄弟の関係にある。ライトバンの持ち主の謎が解けた。

質問をぶつけた。

「……お前ら、なんでしけたツラして酒飲んでた」

「え？」

「一晩中、お前らをマークしてたんだよ。めでたくハイリスクな仕事《ゴト》終えたんだ。柳からたんまり報酬をもらうんだろう。本来なら、ドンペリ開けて祝うのが、お前らの流儀だろう。なんでしけたツラして、クソまずそうに飲んでやがった」

昭人の喉がごくりと動いた。顔色が青ざめていく。浦部はペンチを捨て、ショルダーホルスターからリボルバーを抜き出した。昭人のこめかみに銃口を突きつける。

「女に……ウンジュになにをした」

昭人はかん高い悲鳴をあげる。

「お、おれたちが悪いんじゃねえ。おれたちはケガさせずに運んだ。バカやらかしたのは柳の手下どもだ」

浦部は撃鉄を起こした。ガチリと音が鳴る。

「なにをしたんだ」

「やめてくれ。マカオの金持ちどもに売り渡すつもりだった。逃亡されないよう、やつの手下が麻酔を女にぶっこんだんだ」

「それで？」

米沢が促した。口がカラカラに乾いていた。

「う、撃たないでくれ」

「さっさと答えろ！」

「あの女、目を……目を覚まさなかった。くたばっちまったんだよ……麻酔の量を間違えやがった。おかげで、こっちの報酬も大幅に減らされた。本当の話だ。信じてくれ。おれたちは傷つけねえでさらったん──」

浦部の腕が動いた。昭人の顎にグリップを叩きつける。やつはぐったりと倒れた。車内は静まり返った。米沢は浦部を見つめた。彼は肩で息をしていた。唇をかすかに震わせている。

米沢は言った。

「お前、どうする気だ」

「べつに……どうもこうもない」

浦部は胸ポケットからICレコーダーを取り出した。昭人が打ち明けた話は録音されている。彼はレコーディングをストップさせた。

米沢は思い出した。若かったころの浦部を。不良どもに拉致された中国人女性を救うため、単身で不良たちに挑んでいったのを。思わず語りかけた。

「よせよ……」

「あんたの仕事はこれで終わりだ。感謝している。残りの金は部下に届けさせる」

「また、やらかす気だろう。今度こそ死ぬぞ」

「三年前になる。つまらねえ揉め事で腹を刺されてな。ウンジュがずっと看病してくれた」

「……京都の写真も、見せてもらったよ。いいツラしてた。お互いに」

「おれの身を気づかってくれるわけか」

「情報提供者《エス》の身を守る。それが刑事《デカ》の鉄則だ」

浦部はタバコをくわえた。火をつける。

「おれはあんたのイヌじゃない。あんたがおれのイヌなんだ。勘違いするな」

浦部はリボルバーを突きつけてきた。彼の一途さはよく知っている。だからこそ、ヤクザには向かない。米沢はホールドアップした。

「……わかった。ここでお別れだな」

運転席のドアノブに手を伸ばした。浦部は首を横に振る。

「話を聞いていなかったのか？　あんたがおれのイヌなんだ。もう少しつきあえ。運転を続けるんだよ」

浦部の顔つきはいつもと変わらない。ただし、瞳は漆黒の闇に覆われている。米沢はうなずいた。彼の意図を悟り、ハンドルを握った。

「エサはくれるんだろうな」

「たっぷりやるよ」

浦部は煙をゆるゆると吐いた。

7

米沢は双眼鏡を覗いた。公園の木に隠れながら。

柳康生は犬の散歩を終えたところだった。朝の六時三十分に愛犬のウェルシュコーギーをよちよち歩かせるのが日課だった。現代ヤクザのヘルシー志向には驚かされるが、彼も朝早くに起き、規則正しい日々を送っている。いつもは夜十時前に寝るという。

柳はネルシャツとスラックスという平凡な格好だ。ヤクザの大幹部には見えないが、スウェットを着用した護衛ふたりを連れていた。きつい目つきの男たちだ。

柳の家は文京区の高級住宅街にあった。日本家屋の立派な邸宅で、特徴的なのは高い塀だった。二メートルほどの白壁に忍び返しがついている。玄関の正門はスレッジハンマーでもなければ、容易に壊せそうにない。

その玄関の前で、浦部は待っていた。柳に最敬礼のお辞儀をする。犬を連れた柳は、突然の弟分の来訪に驚いたようだった。大袈裟《おおげさ》に手を広げ、歯を見せて笑みを浮かべる。芝居がかった様子にも見える。

〈珍しいな。どうした、朝っぱらから〉

イヤホンを通じて柳の野太い声が聞こえた。浦部が胸に盗聴マイクをつけてくれたおかげだ。ヤクザは総じて声がでかい。クリアに耳に届く。

〈折り入って、話があります〉

浦部は静かに言った。柳は親しげに弟分の背中を叩く。

〈そうかい。いっしょに朝飯でもどうだ。魚沼産のコメと紀州の梅干しがある。食ってけよ〉

〈いただきます〉

柳たちと浦部は邸宅のなかへと消えていった。その様子を唇を噛んで見守るしかなかった。

浦部の命令で、柳の邸宅の近くまで運転をさせられた。予定地まで来ると、車を停めるように命じられた。レクサスから降りた彼は言った。

——邪魔しないでくれよ。

——そうはいかねえ。

——頼む。部長刑事《デカチョウ》さん。

浦部は頭を深々と下げた。哀願するように米沢を見上げる。なにも言い返せなくなった。

——たっぷりやると言っただろう。大きな贈り物をくれてやる。

浦部はそう言い残して、柳邸へと歩いて行った。

柳と浦部が視界から消えてからも通話は続いていた。茶碗や皿がカチャカチャと鳴る音、汁を啜る音が耳に入る。浦部の咀嚼音《そしやくおん》も。朝飯を食いながら、無難な世間話をしていた。天気や株、政治家のゴシップなど。

やがて浦部が切りだした。

〈女がひとり消えましてね〉

〈手下全員に捜させてるらしいな。おれの耳に入ってる〉

柳は他人事《ひとごと》のように答えた。茶らしき熱い飲み物を啜る音がした。浦部は静かに尋ねた。

〈兄貴、あいつをどこにやりましたか〉

しばらく返事がなかった。ガタガタと物音がする。柳の手下が声を荒げる。

〈叔父貴《おじき》。あんた、なに言ってんだ〉

〈黙ってろ〉

柳は手下を叱りつけた。浦部に言う。〈今の言葉、重てえぞ〉

〈わかってます〉

テーブルになにかを置く音がしたかと思うと、清永昭人の自白が聞こえた。浦部がICレコーダーを再生させたのだ。

〈言います！　言います！　柳さん、柳さんっすよ！〉

昭人の証言が続いた。清永兄弟がウンジュをさらい、柳の人身売買組織に渡したが、麻酔の過剰投与のせいで死亡したことまで。

米沢には部屋の様子は見えない。しかし、彼らがいる部屋の気配が剣呑《けんのん》になっていくのがわかった。浦部が告げた。

〈兄貴んところが、家出娘や外人女をさらって、香港やマカオのマフィアに売り飛ば

してるのは知ってる。ウンジュもそうした〉

柳が深く息をついた。

〈認めるよ。あれは手違いだ。いくら欲しい〉

〈ウンジュはどこにいますか〉

〈山んなかだ。いつも使ってる山梨の〉

浦部の声が震えた。

〈カネの問題じゃないんですよ〉

〈女《バシタ》一匹に、なにいきり立ってやがる〉

〈どうして……ですか〉

〈お前は目立ちすぎる。出る杭《くい》は打たなきゃな。それがおれらの常識ってもんだ。あと三、四人はお前んところからさらうつもりでいたんだけどよ〉

〈兄貴、あんたはいかれてる〉

〈お前は忍ぶことを知らねえ。極道のくせにな。いかれてるのはお前のほうだぜ。女《バシタ》ごときでおれに盾つくとはよ〉

柳は笑った。徐々に笑い声が大きくなる。

つられて浦部も笑い始める。米沢の視界が怒りでくらんだ。しかし、唇を嚙んで黙った。

浦部は笑いながら言った。

〈地獄に落ちろ〉

イヤホンからはひどいノイズ。次の瞬間、くぐもった発砲音がした。スパークリングワインの栓を抜く音に似ていた。イヤホンだけでなく、やつの邸宅自体からも聞こえる。減音器《サプレッサー》をつけた拳銃の発砲音だ。数発目の発砲音でイヤホンからは、なにも聞こえなくなった。盗聴マイクが壊れたようだった。

米沢は手を上げた。

彼がいる公園周辺には、大関管理官を始めとして、組対の捜査員や警備部の特殊急襲部隊《SAT》が乗った警察車両が待機していた。浦部と柳が衝突するのを見越して、彼女が上層部に手配を要請していたのだ。

一斉に警察車両が動き出し、ヘルメットやプロテクターで身を固めた武装警官たちが、柳邸の正門をハンマーで打ち破った。サブマシンガンを手にしながら。現行犯に令状は必要ない。門の前にいた組員が、警官らによって押しつぶされる。

ＳＡＴの後に続いて、米沢は公園から駆けた。破壊された正門から敷地に入る。玄関でも、武装警官たちによって、組員らが地面にキスをさせられている。怒号や悲鳴があちこちで上がる。

「浦部！」

玄関からリビングが見えた。畳のうえに倒れた彼の姿も。

彼のもとに走り寄った。柳を始めとして、柳の手下全員が組み伏せられていた。

減音器《サプレッサー》つきの拳銃は、すでにSATの隊員たちに奪い取られている。

畳に押しつけられた柳が、悔しそうに顔を歪めていた。後ろ手に手錠を嵌められている。

「この外道。ハメやがったな！　クソッタレが！　クソッタレが！」

浦部のもとに近寄った。

至近距離から十発以上の弾を胸や腹に喰らい、シャツとスーツを大量の血で染めていた。首の脈に触れ、彼の口に耳を近づけ、呼吸の有無を確かめる。どちらも反応はなく、目の瞳孔も開いていた。おそらく即死だ。

彼の手に拳銃はなかった。もともと丸腰で訪れている。持っていた拳銃を、レクサスに置きっぱなしにしていた。

あるのはショルダーホルスターだけだった。拳銃を抜くフリをして、柳たちに撃たせるように仕向けたのだ。柳側による一方的な殺人にした。

浦部はたしかに大きすぎる報酬をくれた。自分の命と引き換えに、柳の組織に壊滅的なダメージを与えた。ヤクザに対する刑罰はただでさえ重い。ウンジュの件など、人身売買の罪を暴かれれば、やつに科せられるのは、無期か死刑のどちらかだ。

米沢は、絶命した浦部に語りかけた。

「これで……満足か」

答えはない。浦部の口からは血だけがあふれていた。

だが、彼は微笑を浮かべていた。京都で彼が見せたのと同じく、とても優しげな笑みだった。

解説　短篇警察小説の多様な魅力

村上貴史

■刑事という生き方

二〇一九年に編者としてお送りした警察小説アンソロジー第一弾『葛藤する刑事たち』では、〝警察という組織〟の描写を重視しつつ、日本の警察小説の歴史を黎明期、発展期、革新期に分類し、それぞれ三作を紹介した。今回の第二弾では、刑事という生き方に着目してみた。

新米刑事として歩き始め、いつしか中堅になり、やがて引退を考え始める。そんな刑事人生を進む者もいれば、一旦は刑事になったもののその職を全うできず、別の部署に異動する者もいる。なかには道の途中で命を落とす者もいる。

刑事として勤務する時間もあれば、プライベートな時間もある。おそらくはその切り替えは容易ではなく、勤務時間外でも呼び出されるだろうし、頭のなかから事件が消えるわけでもない。さらに一人の人間として、誰かの親であり子であり、妻であり夫であり、友人である。

そんな側面を全部ひっくるめて、刑事は生きているのだ。

このアンソロジーには、新米刑事や引退を考えているベテラン刑事、あるいは異動した元刑事など、様々な経歴の警察官が登場する六つの短篇を収録した。謎解き、どんでん返し、ユーモア、悪徳など、個性は多様。作中の面々が、若手は若手なりの意思を持って、そしてベテランはベテランなりの考えを持って動く様を、そしてそれらの思いが交錯する様を、六つの短篇を通じて堪能していただければと思う。あわせて、彼等の私的な時間や、ミステリとしての冴えも是非。

これらの短篇は、キーパースンとなる警察官（必ずしも主人公というわけではない）に着目し、その年齢が若い順に配置してある。警察という組織で送る歳月の入口から出口に向かって並べたのである。なお、作中に明記されていない年齢は、シリーズの他の作品や状況証拠的な描写などを頼りに推察した。

その六篇について、順次紹介していこう。

■米澤穂信「夜警」

本作は、交番勤務の警察官たちを描いた一篇である。

警察学校を卒業し、緑1交番に配属されてきたのが、二十三歳の川藤浩志だった。その川藤の振る舞いに、緑1で交番長を務める柳岡も、その二年後輩の梶井も〝危うさ〟を感じていた。やがてその予感は不幸なかたちで的中する。ある通報に対応するなかで、川藤が殉死してしまったのだ……。

実に美しい短篇ミステリである。現在進行形の出来事と回想がバランスよく配置された構造が美しいし、欲望や懸念といった登場人物たちの心の動きも美しく絡み合っている。そしてそんななかに、〝警察官〟という要素がきっちりと織り込まれているのだ。

警察官になること、警察官であり続けること、警察官ではなくなること。

この短篇では、川藤という新人巡査の配属と死を契機として、それまで表面化することのなかった登場人物たちの〝それら〟が、吟味されることになってしまうのである。否応なしに、だ。緑1の柳岡は二十年も警察官をやってきた男であり、かつては刑事課にいた男である。この元刑事の立場の変化もまた、この物語を動かすうえで、そして作品の余韻を深めるうえで効果的に機能している。しかも後半には、それまで読者に見えていた構図がある人物の一言で一変するという、上質のミステリならではの愉《たの》しみも宿っているのだ。無理もなく無駄もなく、なおかつ衝撃と驚愕が宿っているという、とことん美しい短篇ミステリなのである。

米澤穂信は、デビュー作『氷菓』（〇一年）に始まる高校生四人組を中心に据えた《古典部》シリーズや、高校生の男女ペアが探偵役として連携する《小市民》シリーズなど、いわゆる〝日常の謎〟を扱う青春ミステリで知られている。彼はまた、人の心の闇に踏み込み、かつ強烈で予想外なピリオドを読者に叩きつける短篇集の書き手でもある。例えば『儚い羊たちの祝宴』（〇八年）であり『満願』（一四年）である。この「夜警」が冒頭に置かれた『満願』は、ダークな企みに満ちた短篇集であり、山本周五郎賞受賞や各種ベストテンで軒並み一位という実績も残した。警察小説集ではないが、短篇ミステリの魅力をとことん満喫できる一冊である。

■呉勝浩「沈黙の終着駅」

この短編のキーパースンである船越は、県警捜査一課のルーキー、つまりは新人の刑事である。大卒後、交番勤務や登用試験を経ていることを考えると、二十代の後半だろう。そんな若者を指導するのは、二十年選手の刑事、番場だ。

地方都市のターミナル駅の階段で、老人を介護していた男が転落死した。死亡したのは、加島和敏三十五歳。彼が付き添っていた多賀林蔵という老人が状況を最もよく知っているはずである。だが多賀は言語障碍《しょうがい》があり、また、脳梗塞《のうこうそく》の後遺症で指に麻痺が残り、文字も書けないという。結局多賀からは何も聞き出せないまま、番場たちは捜査を進めることになるが、調べれば調べるほど加島の悪評が出てくる。彼等の間に、あの日、なにが起こったのか……。

この事件の捜査において、新人の船越は、初めて相棒なしに初動捜査に挑み、事情聴取も初めて経験する。警察小説としては、番場の手綱さばきが興味深い。特に手強い相手から証言を引き出そうとする際、どこで助け船を出すかといった番場の心理が克明に記されていて愉しく読めるのだ。さらに、番場の私生活での悩みも本短編には描かれており、読者には、彼という人間の心がよく伝わってくる。

そのうえで、だ。この短篇は、ミステリとして読み手の心に深く刺さる結末へと進んでいく。事件の奥底に潜む出来事が番場たちの捜査によって引きずり出され、それまで見えていた景色が、想定外のものへと変化していく。その後も番場は推理を止めず、かつてなにが起こったのか、それが現在にどう影響したのかを見抜き、さらに、これからどうするかを考えて決着させる。その際に、番場の脳内では、作中に記述されてきた様々なピースが全て組み合わさるのだ。痺れるような凄味を体感させられる結末である。

この「沈黙の終着駅」は、番場と船越が活躍する短篇集『蜃気楼の犬』（一六年）に収録された作品である。『蜃気楼の犬』全体を読めば、番場が語る「刑事である理由」「後輩を育てる理由」をより深く知ることが出来る。なお、文庫化に際して追加された書き下ろしの短篇には、船越視点での捜査に関する意識も書かれており、番場の意識との対比も愉しめる。

呉勝浩には、一億円の身代金の運び役を百人の警察官が命じられるという型破りな誘拐ミステリ『ロスト』（一五年）や、連続殺人を通じて神奈川県警と警視庁の反目や組織内の闇などを掘り下げた『マトリョーシカ・ブラッド』（一八年）という、いずれも新鮮な長篇警察小説もあり、独創性を愉しめる。また、元刑事が四〇年前の事件を探る『おれたちの歌をうたえ』（二一年）という大作も、警察小説ではないものの〝刑事という生き方〟という観点で興味深いストーリーが織り込まれており、要注目だ。

■黒川博行「飛び降りた男」

この作品は、今回のアンソロジーのなかで、最も早く書かれた。一九八七年の発表、つまり昭和の小説である。主役として活躍するのは、大阪府警捜査一課の吉永誠一――とその妻のデコこと照子である。吉永の年齢は明記されていないが、同期生の描写や、指導相手の小沢が二十七歳（九〇年発表の『絵が殺した』）であることなどから、三十歳前後と推測する。

吉永は、妻の知人である酒井辰子から相談を受けた。午前三時頃に息子の保彦が自室で怪我をして病院に運ばれた件に関して警察が訪ねてきたという。辰子の推測によれば、警察は息子と父の親子ゲンカを疑っているらしい。デコは「辰子さんを助けてあげて」と吉永に懇願。押し切られた吉永が、所轄署の同期、寺田に相談したところ、所轄署では、親子ゲンカではなく、別の事件を疑っていることが判った。町では侵入盗や下着盗が頻発しており、その侵入盗が保彦を殴ったのではないかと疑っているというのだ……。

この導入部からして明らかなように、デコが物語にどっぷりと関与している。妻の近所付き合いの延長で捜査一課の刑事が動くことにも驚くが、後半では更に深くデコが関わってくる。それが故に、夫婦の会話も多く、尻に敷いたり敷かれたりと仲のよい様が非常に微笑ましい。まあ、守秘義務やらコンプライアンスやらでがんじがらめの現代では考えられない長閑《のどか》さだが、それもまたよしとしたい。こうした心地よさは警察内部にも存在していて、吉永と寺田のコミュニケーションも、ときに焼き肉を頬張りながら、ときにお互い憎まれ口を叩きながら、テンポよく弾んでいくのである。なんとも愉しい一篇なのだ。

そうした会話を繰り広げつつ、警察官たちはプロとして捜査を進め、そこにデコの着想が加わり、やがて真相へと至るという「飛び降りた男」は、短篇集『てとろどときしん　大阪府警・捜査一課事件報告書』に収録された一作で、《大阪府警捜査一課》シリーズに連なる。

このシリーズは、黒川博行のデビュー作『二度のお別れ』(八四年)で始まり、大阪の刑事たちの賑やかさや、本格ミステリとしての謎解きで愉しませてくれる。また、作品によって、主役を務める大阪府警捜査一課のメンバーが異なる点も特徴だ。本作の吉永も、長篇で主役を務めたのは贋作にまつわる殺人事件が題材の『絵が殺した』だけで、『海の稜線』(八七年)、『ドアの向こうに』(八九年)、『大博打』(九一年)では脇役だ。著者によれば、『絵が殺した』で吉永が主人公を務めたのは、前作『ドアの向こうに』で主人公の巡査部長が結婚し、主役を続けにくくなったからとのこと。

そんな理由でお鉢が回ってくるというのも、なんだか愉快である。なお、『絵が殺した』ではデコの出番が少ないが、「密室が解けたと思たら、今度は時刻表のトリック。推理小説を地で行ってるみたいやね」という強烈な言葉を吉永にぶつけるなど存在感はたっぷり。さらに、そのデコの言葉が示すようにミステリとしての魅力が終盤に向けてクレシェンドしていく様も堪能できる。

黒川博行は一九年に大阪府警泉尾署刑事課捜査二係が活躍する『桃源』を発表した際、「〝真面目な刑事が真面目に捜査する〟小説はとても久しぶりです。デビュー直後は、ストレートな警察小説を書いていましたが、（中略）本来の警察組織のルールから外れたこともたくさん書いていましたね。あれから三十年経って『本当の警察組織はこうやぞ』というのを一度きちんと書いておこうと思ったんです」と語った。『桃源』において沖縄県の島々で刑事たちが交わす会話は相変わらずリズミカルで愉しく、警察描写のリアリティは進化している。黒川自身がかつて高校の美術教師だったこともあり、美術ミステリー分野での活躍が顕著だが、彼の書く警察小説は、やっぱりよいのである。

■麻見和史「沈黙のブラックボックス」

この短篇で主人公を務める西条健太郎巡査部長は三十八歳。T県警梶川警察署、生活安全課防犯係に新設された犯罪防止班の班長を務めている。

犯罪防止班――犯罪を未然に防ぐことが役割の部署である。とはいえ、メンバーは西条以外には二十七歳の篠宮巡査部長しかいない小さな部署だ。彼等の活動の法的根拠としては、強盗予備罪、犯罪予備罪、凶器準備集合罪など、犯罪の「予備」を処罰する規定がある。だが、実務のノウハウは、彼等自身で見つけなければならなかった。町の人々との会話やネット巡回で日々の情報収集を続ける西条と篠宮は、ある協力者が不審な光景を目撃したビルを訪ねた。その一室で彼等は、ガラスが割られ、何者かが侵入したような痕跡を発見する……。

チャレンジングな設定である。警察というのは、公安部門、あるいは誘拐事件を例外として、基本的に事件が起こったあとで動く。しかしながら、この短篇では、警察は〝事前〟に動いているのである。著者は〝犯罪防止班〟なる架空の組織を作り、西条と篠宮を配属させ、事前に動く様を描いたのである。しかもそこに、大胆なトリックを仕込み、本格ミステリで名探偵が繰り広げる真相解明の醍醐味をしっかりと練り込んだのだ。お見事。

ちなみに犯罪防止班は、所轄の片隅に置かれた小さな部署である。班長の西条はかつては県警捜査一課で活躍していた人物で、知人の警部補からは「訳のわからない部署」「所轄の隅っこでくすぶっている」などと言われたりもする。所轄署のなかにも「お荷物」「税金泥棒」という声がある。にもかかわらず、西条は胸を張って全力で自分の任務に取り組んでいる。その理由は結末で明らかになるのだが、これも一つの〝刑事という生き方〟であることが、深く伝わってくる。西条という元刑事にして現犯罪防止班班長の生き方、こちらも要注目である。

ちなみに「沈黙のブラックボックス」は、一三年に雑誌『ジャーロ』に掲載されたのみで、今回が書籍初収録となる。続篇も今のところまだ書かれていない。これをきっかけに続きを読みたいものだ。

続篇が書かれていないのは、おそらく麻見和史の作家としての状況の変化も理由としてあるだろう。解剖学教室で遺体の腹部からシリコンチューブに封じ込められた脅迫状が発見されるという鮎川哲也賞受賞作『ヴェサリウスの柩』(〇六年)でデビューし、義肢が題材の第二作『真夜中のタランテラ』(〇八年)を発表した段階では、医療寄りの本格ミステリの書き手という印象だった。それが変化したのが第三作『石の繭　警視庁捜査一課十一係』(一一年)である。この第三作で麻見和史は警察小説の世界へと足を踏み出したのだ。《警視庁捜査一課十一係》は人気を博し、著者にとって初めてのシリーズ作品となった。そして麻見和史は、一四年から(つまり本篇発表の翌年から)いくつもの警察小説シリーズをスタートさせる。彼の警察小説は、警察組織の現実をふまえつつ、そこに馴染むオリジナルのチームを創設し、警察のチームワークと本格ミステリの妙味を追求するスタイルが特徴で、《警視庁捜査一課十一係》(文庫では《警視庁殺人分析班》)シリーズは第十三作、一五年に始まった《警視庁文書捜査官》シリーズは第七作まで続いている(本稿執筆時点)。本作は、まさにこの鉱脈が花開く最初期に書かれたものであり、歯車がなにか一つ異なるかたちで嚙み合っていれば、こちらが著者の二番目のシリーズに育っていたかもしれない。そんな想像もまた愉しい。

■長岡弘樹「文字盤」

本作で主役を務める寺島俊樹は、刑事になって十五年というベテランである。彼は、防犯カメラの記録などをもとに、犯人や被害者といった当事者の立場に徹底して身を置くことで、それまで見えなかったものを見えるようにする独自の捜査方法を考案し、多くの犯人を挙げてきていた。

今回発生したコンビニ強盗事件においても、寺島はその手法を用いた。その結果、やはり事件の奇妙な点が浮かび上がった。店長にナイフを突きつけてレジを開けろと命じた際の犯人の仕草が、わずか六秒間の視線の行方という細かなものではあったが、説明がつかないのである。この不自然さを糸口として推理を繰り広げた寺島は、防犯カメラには映らなかった〝ある状況〟に思い至った……。

寺島の独自の捜査手法によって不自然さが見つかる点、さらにその不自然さが、寺島の推理によってある条件を加えることで、不自然ではなくなるという妙味。ミステリとしての愉しみがしっかりと備わっている短篇である。

と同時に、この「文字盤」には、警察小説としての魅力も詰まっている。寺島はコンビニ強盗の捜査を進めつつ、県警を揺るがす裏金事件に関する署長からの密命を帯びて動いていた。事件捜査とはまた異なる切り口で、寺島は試されているのである。

そうした二つのストーリーからなる「文字盤」なのだが、それぞれのストーリーの構成要素の配置が抜群に巧みである。両者が自然に流れ、共鳴し、さらにもう一つの物語の存在を明かしたうえで、驚きに満ちた結論へと読者を導いていくのだ。嘆息するしかない。

「文字盤」を収録した『血縁』（一七年）は、人の心の動きを巧みに活かしたミステリを集めた短篇集。警察小説は本作のみだが、他の作品の衝撃もまた上質だった。

〇三年に「真夏の車輪」で小説推理新人賞を受賞し、〇五年に短篇集『陽だまりの偽り』で書籍デビューを果たした長岡弘樹にあらためて注目が集まったのは〇八年のこと。短篇「傍聞《かたえぎ》き」が日本推理作家協会賞（短編部門）を受賞したのだ。この短篇は、夫に先立たれた羽角《はずみ》啓子という刑事が、警察官として、そして母として過ごす日々を綴り、その両面を鮮やかにミステリとして融合させた極上の一篇だった。羽角親子の物語は、この短篇を表題作とする『傍聞き』（〇八年）や『赤い刻印』（一六年）、『緋色の残響』（二〇年）で愉しめる。長岡弘樹の警察小説としては、一三年に始まった《教場》シリーズがよく知られているが、〝刑事という生き方〟という観点では、『群青のタンデム』（一四年）にも着目しておきたい。警察学校の同期の男女の半生を描いた連作短篇集なのである。各篇が巧みに書かれているのはもちろんのこと、連作短篇という形式だからこそ読者に伝わる各人の想いもあり、まさに珠玉なのだ。こちらも是非御一読を。

■深町秋生「野良犬たちの嗜み」

ラストを飾る短篇の主役は、「そろそろ刑事を辞めるときかもしれない」という思いが脳裏をよぎる五十代の刑事だ。

警視庁組織犯罪対策第四課の広域暴力団係に属する米沢英利。彼は警察とヤクザの間を揺蕩《たゆた》いながら――女を世話して貰ったこともあれば、組対の内部情報を話したこともある――なんとか結果を出し、刑事を続けている。そんな米沢に、浦部というヤクザから相談があった。失踪した女を捜して欲しいというのだ。米沢はその依頼を引き受け、さらに、百万円を受け取った……。

本書のなかでも相当の異色作だ。ベテラン刑事が、ヤクザに頼まれた人探しを、警察の力を使って進めるのである。それも、まっとうではない手段も使いながら、だ。監察官からは汚職警官と睨まれているが、ギリギリのところで追及をかわす。しぶとく生きる知恵と経験、さらには警察内外に張り巡らしたダーティーな人脈などを、米沢は駆使するのである。「野良犬たちの嗜み」はそんな米沢の〝捜査〟を堪能できる一篇であり、同時に、現在の米沢の〝刑事としての生き方〟をたっぷりと知ることが出来る一篇である。

主役である米沢に存在感があるのはもちろんのこと、上司の存在感も引けを取らない。大関芳子警視。通称〝関取〟。身長百八十センチ。かつては柔道無差別級のアスリートだった四十代女性である。正式な任務を抜け出して裏稼業に精を出す米沢をギリギリと締め上げる。この二人のコミカルな掛け合いも愉しい。その他、ヤクザの浦部、色に溺れた鑑識官、米沢に振り回されて散在した若手刑事など、主要登場人物は皆、濃厚に存在感を主張している。そんな面々が暴力も嘘も厭わずに駆使しつつ、女が失踪した事件に絡んでくるのである。読み応えが抜群なのも当然といえよう。

ちなみに「野良犬たちの嗜み」は、「卑怯者の流儀」というタイトルで雑誌に掲載された後、この題名に改題されて『卑怯者の流儀』(一六年)という書籍の冒頭を飾った。この一冊は、米沢を主人公とする短篇を六篇収録しており、全体を通して、米沢が現在の姿になるまでを語る大きな物語となっている。更に深く、米沢の〝刑事としての生き方〟を読者は知ることになるのだ。是非とも六篇全部を読んでいただきたい。

深町秋生は〇五年のデビュー以降、犯罪小説を書き続けてきたが、一一年に警察小説『アウトバーン　組織犯罪対策課　八神瑛子』を発表した。主役の八神瑛子は、警視庁上野署所属の警部補で、剣道三段の腕前と美貌、さらに金と暴力を駆使して署のエースという地位を守っている。このヒロインを擁する警察小説は、『アウトバーン』『アウトクラッシュ』（一二年）『アウトサイダー』（一三年）の三部作、及び一八年の第四弾『インジョーカー』としてシリーズ化された。著者はまた、身辺警護を専門とするプロテクション《P》オフィサー《O》が主人公の『PO　警視庁組対三課・片桐美波』（一七年）や、警察内部の不祥事を探る監察係に着目した『ドッグ・メーカー　警視庁人事一課監察係　黒滝誠治』（一七年）を放ち、さらに、暴力団への潜入捜査を進めるなかで殺人に手を染める刑事を主役とする『地獄の犬たち』（一七年、文庫化に際し『ヘルドッグス　地獄の犬たち』と改題）や、過去の未解決事件を題材に警官親子を描く『鬼哭の銃弾』（二一年）など、多様な警察小説を次々に完成させている。正義と悪の両方にどっぷりと浸かりつつ、それでも警察で生きる人々を描いた警察小説の〝昏い熱さ〟を堪能されたい。

■さらなる世界へ

それにしても、だ。今回の収録作選びや解説執筆を通じて、刑事という生き方は、つくづく大変だと改めて感じた。被害者の人生にも、犯人の人生にも足を踏み込むため、幾人もの心が、それも犯罪に到るほどの熱量を持った心が、刑事に絡みついてくるのである。もちろん自分の人生も生きているため、結果として常人の何倍もの人生に深く関わることになるのだ。
そんな人間を描くからこそ、警察小説の魅力は多様なのだ。特に短篇は、著者の持ち味が凝縮されているだけに、特徴がはっきりと現れる。本アンソロジーに収録した六篇を契機として、読者の方々には、さらに他の短篇警察小説へと、あるいは、著者の他の作品世界へと歩みを進めていただければ、編者として嬉しい限りである。

（むらかみたかし／書評家）

◆底本および作品初出

米澤穂信「夜警」（『満願』新潮文庫、二〇一七年）
――「小説新潮」二〇一二年五月号（新潮社）→『満願』（二〇一四年、新潮社）
――※雑誌掲載時は「一続きの音」。『満願』収録に際して「夜警」に改題。

呉勝浩「沈黙の終着駅」（『蜃気楼の犬』講談社文庫、二〇一八年）
――「小説現代」二〇一六年二月号（講談社）→『蜃気楼の犬』（二〇一六年、講談社）

黒川博行「飛び降りた男」所収（『てとろどときしん　大阪府警・捜査一課事件報告書』角川文庫、二〇一四年）
――「問題小説」一九八七年十一月号（徳間書店）
――→『てとろどときしん　大阪府警・捜査一課事件報告書』（一九九一年、講談社）

麻見和史「沈黙のブラックボックス」（「ジャーロ」二〇一三年夏号、光文社）
――本書初収録

長岡弘樹「文字盤」（『血縁』集英社文庫、二〇一九年）
――「小説すばる」二〇〇九年九月号→『血縁』（集英社、二〇一七年）
――※雑誌掲載時は「文字板」。『血縁』収録に際して「文字盤」に改題。

深町秋生「野良犬たちの嗜み」（『卑怯者の流儀』徳間文庫、二〇一八年）
――「読楽」二〇一四年四月号（徳間書店）→『卑怯者の流儀』（二〇一六年、徳間書店）
――※雑誌掲載時は「卑怯者の流儀」。『卑怯者の流儀』収録に際して「野良犬たちの嗜み」に改題。

刑事《けいじ》という生《い》き方《かた》　警察小説《けいさつしょうせつ》アンソロジー　朝日文庫

2021年3月30日　第1刷発行

著　者　米澤《よねざわ》穂信《ほのぶ》　呉《ご》　勝浩《かつひろ》　黒川《くろかわ》博行《ひろゆき》
　　　　麻見《あさみ》和史《かずし》　長岡《ながおか》弘樹《ひろき》　深町《ふかまち》秋生《あきお》

編　者　村上《むらかみ》貴史《たかし》

発行者　三宮博信

発行所　朝日新聞出版
〒104-8011　東京都中央区築地5-3-2
電話　03-5541-8832（編集）
　　　03-5540-7793（販売）

印刷製本　大日本印刷株式会社

Published in Japan by Asahi Shimbun Publications Inc.
定価はカバーに表示してあります

ISBN978-4-02-264985-0

朝日文庫

伊坂　幸太郎
ガソリン生活

望月兄弟の前に現れた女優と強面の芸能記者!? 次々に謎が降りかかる、仲良し一家の冒険譚！ 愛すべき長編ミステリー。《解説・津村記久子》

湊　かなえ
物語のおわり

悩みを抱えた者たちが北海道へひとり旅をする。道中に手渡されたのは結末の書かれていない小説だった。本当の結末とは——。《解説・藤村忠寿》

堂場　瞬一
内通者

千葉県警捜査二課の結城孝道は、千葉県土木局と建設会社の汚職事件を追う。決定的な情報もつかみ逮捕直前までいくのだが、思わぬ罠が……。

堂場　瞬一
暗転

通勤電車が脱線し八〇人以上の死者を出す大惨事が起きた。鉄道会社は何かを隠していると思った老警官とジャーナリストは真相に食らいつく。

月村　了衛
黒涙《こくるい》

警察に潜む〈黒色分子〉の沢渡は、黒社会の沈とともに中国課報機関の摘発に挑むが、謎の美女が現れ……。傑作警察小説。《解説・若林　踏》

月村　了衛
黒警《こくけい》

刑事の沢渡とヤクザの波多野。腐れ縁の二人の前に中国黒社会の沈が現れた時、警察内部の深い闇が蠢きだす。本格警察小説！《解説・東山彰良》